GW01606218

DU MÊME AUTEUR

Aux Éditions Gallimard

L'ENFANT VOLÉ
LES CHIENS NOIRS
SOUS LES DRAPS ET AUTRES NOUVELLES
DÉLIRE D'AMOUR
AMSTERDAM
EXPIATION
SAMEDI
SUR LA PLAGE DE CHESIL
SOLAIRE
OPÉRATION SWEET TOOTH
L'INTÉRÊT DE L'ENFANT
DANS UNE COQUE DE NOIX
UNE MACHINE COMME MOI

Aux Éditions Gallimard Jeunesse

LE RÊVEUR

Aux Éditions du Seuil

LE JARDIN DE CIMENT
UN BONHEUR DE RENCONTRE (Folio n° 3878)
L'INNOCENT (Folio n° 3777)

LE CAFARD

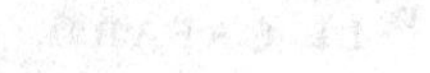

IAN McEWAN

Le cafard

Traduit de l'anglais
par France Camus-Pichon

GALLIMARD

Titre original :
THE COCKROACH

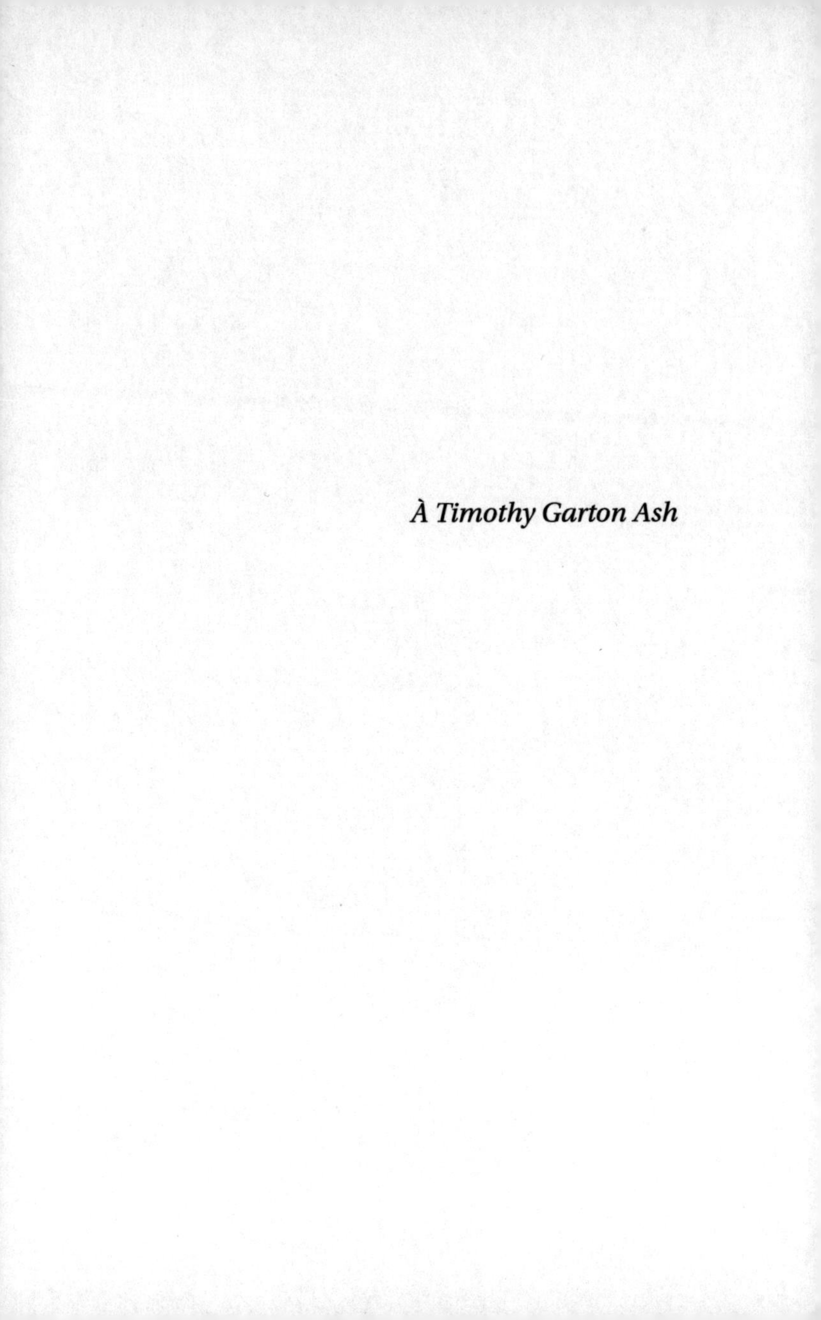

À Timothy Garton Ash

Cette *novella* est une œuvre de fiction. Les noms et les personnages sont le produit de l'imagination de l'auteur, et toute ressemblance avec des cafards, vivants ou morts, est une pure coïncidence.

PRÉFACE

Au prix d'âpres et intenses négociations menées par un Premier ministre puis un autre, d'un Parlement en proie au chaos et à la paralysie, de deux élections législatives et de violentes divisions à travers le pays, la Grande-Bretagne poursuit ces derniers temps la plus vaine et la plus masochiste des ambitions jamais imaginées dans l'histoire des îles Britanniques. Le reste du monde, à l'exception des présidents Poutine et Trump, a suivi ces développements avec consternation. Si nous réussissons un jour à quitter l'Union européenne, nous entamerons alors pour quinze ans la longue marche arrière vers un simulacre de ce que nous avons été, avec nos multiples accords commerciaux, notre coopération scientifique et militaire, et mille autres dispositions utiles. Pourquoi nous infligeons-nous cela ? Mon Premier ministre, en qui se cache un cafard, donne à la chancelière allemande la seule réponse possible : *parce que.*

Le Cafard a été conçu à ce stade du voyage où le rire le dispute au désespoir. Beaucoup se sont demandé si le processus du Brexit ne défiait pas la satire. Quel romancier vicieux aurait pu l'inventer ? Il est en lui-même une satire retorse. Peut-être ne nous reste-t-il désormais que la moquerie et la triste consolation du rire.

Que le moment de notre Brexit finisse par arriver ou non, nous nous poserons longtemps des questions. Les mensonges, les financements occultes, l'implication des Russes intéresseront les futurs historiens. Et ceux-ci étudieront sûrement la cécité causée par une forme particulière de poudre aux yeux commune à tous les mouvements populistes qui étendent leur emprise sur l'Europe, les États-Unis, le Brésil, l'Inde et bien d'autres pays. Les ingrédients de cette poudre sont maintenant connus : irrationalité débridée, hostilité envers les étrangers, résistance à l'effort d'analyse, chauvinisme exacerbé, emballement pour des solutions simplistes, aspiration à la « pureté » culturelle — ainsi qu'une poignée de politiciens cyniques pour exploiter ces pulsions.

Bien sûr, les conditions locales varient. Au Brésil, on préfère brûler la forêt amazonienne. Les États-Unis rêvent de leur mur à la frontière mexicaine. La Turquie est passée maître dans l'art d'emprisonner les journalistes. En Grande-Bretagne, alors que la poudre nous aveuglait, nous avons appris qu'au terme d'une longue évolution l'environnement européen a profondément modifié la flore de notre paysage national. L'arrachage de ces plantes se révèle brutal et, au fond, pas si simple. Mais cela n'a arrêté personne. Nous continuons quand même — *parce que*.

On peut historiquement reprocher beaucoup d'injustices à l'État britannique, mais seule une toute petite partie d'entre elles est imputable à l'Union européenne. Les partisans du Brexit se sont chargés de convaincre l'électorat du contraire. Ils ont remporté trente-sept pour cent des suffrages, assez pour transformer notre destin collectif durant de longues années. Maniant la poudre aux yeux dans le style populiste classique, ces partisans du Brexit actionnaires de fonds spéculatifs, ploutocrates, anciens élèves d'Eton ou patrons de presse se sont posés en ennemis des élites. Ça a marché, et maintenant cette élite d'anti-élitistes est au gouvernement.

Au sein de la tradition littéraire britannique, le texte fondateur de la satire politique reste la *Modeste proposition* de Jonathan Swift[1]. Je l'ai lu pour la première fois quand j'avais seize ans. Affirmer froidement que faire cuire, puis manger des bébés résoudrait le problème persistant de la pauvreté des enfants était barbare et grotesque, mais pas plus cruel, de l'avis de Swift, que l'assujettissement de l'Irlande à l'Angleterre.

Avec le Brexit est entré dans notre vie politique quelque chose de laid et de profondément contraire à notre esprit, et j'ai trouvé logique de lui donner la forme d'un cafard, cette créature parmi les plus méprisées. *La Métamorphose* de Kafka s'impose inévitablement face à toute tentative pour évoquer la mue d'un insecte en être humain, mais après le nécessaire clin d'œil à titre d'hommage, c'est vers Swift que je me

1. Traduit de l'anglais (Irlande) par Émile Pons, Éditions Gallimard, collection « Folio 2 € », 2012.

suis tourné. L'enjeu a toujours été d'élaborer un projet politique et économique qui puisse égaler l'absurdité autodestructrice du Brexit. Je n'ai aucune certitude d'y être parvenu avec mon invention ridicule : le Réversalisme. Étant donné l'ampleur de notre projet national et son impact probable sur nous, au moins pour la génération à venir, rien ne peut sans doute rivaliser avec cette folie à grande échelle.

Près des deux tiers des électeurs britanniques n'ont pas voté pour quitter l'Union européenne. Le milieu des affaires, le monde agricole, celui des sciences, de la finance et des arts étaient majoritairement contre le Brexit. Les trois quarts des députés ont voté pour rester dans l'UE, mais la plupart d'entre eux se sont détournés de l'intérêt national pour se retrancher derrière une loyauté partisane et la « voix du peuple » — cette sinistre expression soviétique, cette poudre aux yeux qui a embrumé les cerveaux, endormi la raison et réduit les chances pour nos enfants de vivre et de travailler librement sur le continent européen.

Le populisme, inconscient de sa propre ignorance, avec ses relents de sang et de terre, ses impossibles aspirations nativistes et son mépris tragique des inquiétudes liées au changement climatique, risque d'engendrer d'autres monstres, certains bien plus violents et aux actes plus lourds de conséquences que le Brexit. Mais sous toutes ses versions, l'esprit du cafard prospérera. Il nous faut apprendre à bien connaître cette créature pour mieux la vaincre. Je crois que nous y parviendrons.

Si la raison ne se réveille pas et ne l'emporte pas, sans doute ne pourrons-nous plus compter que sur le rire.

UN

Ce matin-là, Jim Sams, intelligent mais sans génie, s'éveilla d'un sommeil agité pour se trouver métamorphosé en une créature gigantesque. Il passa un long moment couché sur le dos (nullement sa position préférée) et contempla avec consternation ses pieds lointains, ses membres si peu nombreux. Quatre en tout, bien sûr, et presque impossibles à mouvoir. Ses anciennes petites pattes brunes, dont il avait déjà la nostalgie, se seraient joyeusement agitées dans les airs, quoique en pure perte. Il resta immobile, refusant de paniquer. Un organe, un bloc de viande gluante, était tapi dans sa bouche — répugnant, surtout quand il bougeait tout seul pour explorer cette vaste grotte humide et, remarqua Jim avec une inquiétude muette, glisser contre une immensité de dents. Du regard, il inspecta son corps sur toute sa longueur. D'un bleu pâle des épaules aux chevilles, avec un liséré bleu plus foncé autour du cou et des poignets, et des boutons blancs alignés verticalement du haut en bas de son thorax non segmenté. Dans le léger souffle qui le balayait par intermittence, et où flottait une odeur pas désagréable d'aliments en décomposition et d'alcool de grain, il reconnut son haleine. La réduction de son champ de vision le gênait — oh, comme son œil à facettes lui manquait —, et l'omniprésence des couleurs autour de lui l'oppressait. Il commençait à comprendre que, par un renversement grotesque, sa chair vulnérable se trouvait désormais à l'extérieur de son squelette, lequel lui était donc totalement invisible. Quel réconfort cela aurait été d'apercevoir ce marron nacré si familier !

Tout cela était déjà bien assez inquiétant, mais à mesure qu'il s'éveillait lui revenait en mémoire la mission importante, solitaire, dont il était chargé, même si pour le moment il ne retrouvait pas en quoi elle consistait. Je vais être en retard, pensa-t-il, s'efforçant de soulever de l'oreiller une tête qui devait bien peser cinq kilos. Ce n'est pas juste, conclut-il. Je n'ai pas mérité ça. Ses rêves fragmentaires avaient été intenses et délirants, hantés par l'écho de voix rauques en constant désaccord. À présent seulement, alors que son crâne retombait sur l'oreiller, il distinguait l'autre rive du sommeil, et avec elle une mosaïque de souvenirs, d'impressions et d'intentions qui lui échappaient malgré ses efforts pour les retenir.

Oui, il avait quitté l'agréable décrépitude du palais de Westminster sans même un adieu. Il le fallait. Tout devait se faire dans le plus grand secret. Il l'avait deviné sans qu'on ait à le lui dire. Mais quand s'était-il mis en route, au juste ? Après la tombée de la nuit, à coup sûr. La veille au soir ? L'avant-veille ? Il avait dû sortir par le parking souterrain. Et passer devant les chaussures cirées du policier à l'entrée. Il s'en souvenait maintenant. Longeant le bas-côté, il s'était dépêché d'atteindre la bordure du terrifiant passage pour piétons de Parliament Square. Devant une rangée de véhicules piaffant d'impatience de l'écraser sur le bitume, il avait foncé vers le caniveau du trottoir d'en face. Après quoi une semaine avait semblé s'écouler avant la traversée d'une autre chaussée terrifiante pour rejoindre le bon côté de Whitehall. Et ensuite ? Il avait sûrement couvert plusieurs mètres à toute vitesse, puis s'était arrêté. Pourquoi ? Cela lui revenait peu à peu. Respirant péniblement par tous les tuyaux de son corps, il s'était reposé près d'une bouche d'égout salvatrice pour grignoter un bout de pizza abandonné. Il n'avait pu le manger en entier, mais il y avait fait honneur de son mieux. Par chance, c'était une margherita. Sa deuxième sorte de pizza préférée. Pas d'olives. Pas sur cette part-là.

Sa tête ingouvernable pouvait opérer une rotation de cent quatre-vingts degrés sans trop d'effort, découvrit-il. Il la tourna sur le côté. La chambre était petite et mansardée, agressivement éclairée par le soleil levant, car on n'avait pas tiré les rideaux. Sur la table de chevet, un téléphone — non, deux téléphones. L'étroit faisceau de son regard traversa la moquette pour se poser sur la plinthe et le mince interstice à sa base. J'aurais pu me glisser dessous pour échapper à cette lumière du matin, songea-t-il tristement. J'aurais pu être heureux. Au fond de la pièce se trouvaient un canapé et, à côté, sur une table basse, un verre à apéritif et une bouteille de whisky écossais, vide. Sur un fauteuil l'attendaient un costume et une chemise propre, bien pliée. Deux boîtes de classement, rouges toutes les deux, étaient empilées sur une plus grande table.

Il bougeait de plus en plus facilement les yeux depuis qu'il avait compris qu'ils pivotaient de concert sans son aide. Et plutôt que de laisser pendre sa langue, d'où la salive gouttait de temps à autre sur sa poitrine, il constata qu'elle était plus confortablement logée entre les parois suintantes de sa bouche. Horrible. Mais il se familiarisait avec sa nouvelle forme. Il apprenait vite. Ce qui le troublait, c'était l'urgence de se mettre au travail. Il y avait d'importantes décisions à prendre. Soudain, un mouvement sur le sol attira son attention. Il s'agissait d'un minuscule insecte ayant la même apparence que lui auparavant, sans doute le propriétaire délogé du corps que lui-même habitait désormais. Il regarda avec intérêt et un vague instinct protecteur la bestiole progresser laborieusement sur les fibres de la moquette, en direction de la porte. Là elle hésita, ses antennes jumelles s'agitant au hasard, avec toute l'inaptitude du débutant. Finalement elle rassembla son courage et se glissa tant bien que mal sous la porte pour entamer une difficile descente, au péril de sa vie. Le chemin était long jusqu'au palais de Westminster, et les dangers nombreux. Mais si elle arrivait à destination sans être piétinée, elle trouverait derrière les lambris du palais, ou sous les lattes des parquets, sécurité et consolation parmi ses millions de semblables. Il lui souhaitait bon vent. À présent, il devait se soucier de ses propres intérêts.

Et pourtant Jim ne bougea pas. Rien n'aurait de sens, tout geste serait inutile tant qu'il ne reconstituerait pas le voyage, les événements qui l'avaient conduit dans une chambre inconnue. Après ce repas de fortune, il avait repris sa route en toute hâte, à peine conscient de l'animation au-dessus de lui, ne pensant qu'à sa mission tandis qu'il progressait dans la pénombre du caniveau, même s'il n'aurait pu dire combien de temps ni jusqu'où. Seule certitude, il avait fini par atteindre un obstacle qui le dominait de toute sa hauteur, une petite montagne de crottin encore chaud et fumant. En toute autre occasion, il se serait réjoui. Il se considérait comme un connaisseur. Il était un bon vivant. L'origine de cet arrivage, il l'avait instantanément identifiée. Comment se tromper sur ces arômes de noisette, sur ces notes de pétrole, de peau de banane et de savon glycériné ? Les Horse Guards ! Mais quelle erreur d'avoir mangé entre les repas. Cette pizza l'avait laissé sans appétit pour un excrément, si frais et raffiné fût-il, et sans envie, à cause de son épuisement croissant, de l'escalader. Recroquevillé dans l'ombre de cette montagne, sur ses contreforts au sol spongieux, il avait envisagé les options possibles. Après un moment de réflexion, ce qu'il devait faire paraissait évident. Il avait entrepris l'ascension de la bordure en granit du trottoir, pour contourner le tas de crottin et redescendre de l'autre côté.

Allongé dans la chambre mansardée, Jim conclut que c'était à ce stade qu'il avait renoncé à son libre arbitre, ou à l'illusion de celui-ci, pour passer sous l'influence d'une force plus puissante, une force maîtresse. Alors qu'il grimpait sur le trottoir, il s'était mis au service d'une aspiration collective. Il n'était qu'un minuscule élément au sein d'un projet d'une magnitude qu'aucun individu solitaire ne pouvait comprendre.

Il s'était hissé sur le trottoir, notant que le crottin recouvrait un tiers de sa largeur. Soudain, une tempête sortie de nulle part s'était abattue sur lui, le grondement de tonnerre de cinq mille paires de pieds, accompagné de slogans, de sons de cloches, de sifflets et de trompettes. Encore une manifestation houleuse. Si tard dans la soirée. Des voyous semant le désordre à une heure où ils auraient dû être chez eux. Dorénavant, ces défilés avaient lieu presque chaque semaine. Perturbant des services publics essentiels, empêchant les citoyens ordinaires de vaquer à leurs occupations licites. Il s'était figé sur la bordure du trottoir, s'attendant à être broyé d'une minute à l'autre. À quelques centimètres de l'endroit où il se terrait, les semelles de chaussures quinze fois plus longues que lui ébranlaient le sol, faisant vibrer ses antennes et le trottoir. Quelle chance qu'il ait subitement choisi de lever la tête, par pur fatalisme. Il se préparait à mourir. Mais une opportunité s'était alors présentée — une brèche dans le cortège. La vague suivante de manifestants se trouvait à cinquante mètres de là. Il apercevait leurs banderoles flottant au vent, les drapeaux qu'ils brandissaient, des étoiles jaunes sur fond bleu. Ainsi que des drapeaux britanniques. De toute sa vie, jamais il n'avait traversé une rue si vite. Respirant avec peine par toutes les trachées de son corps d'insecte, il avait rejoint le trottoir d'en face près d'une lourde grille de fer, quelques secondes avant que les manifestants ne déferlent à nouveau sur lui dans le bruit de tonnerre de leur affreux piétinement, auquel s'ajoutaient à présent des huées et de frénétiques roulements de tambour. Mû par la peur et l'indignation, un mélange encombrant, il s'était précipité sous la grille pour sauver sa peau dans le sanctuaire relatif d'une rue adjacente, où il avait aussitôt reconnu le talon de la chaussure de service d'un policier. Rassurant, comme toujours.

Et ensuite ? Il avait longé le trottoir désert, passant devant une rangée de résidences officielles. Là, il remplissait sûrement sa mission. Grâce à l'inconscient collectif des créatures de son espèce, gouverné par les phéromones, il savait d'instinct quelle direction prendre. Après une demi-heure de progression sans encombre, il avait fait une pause, comme il se devait. À un bout de la rue se trouvait un groupe d'une centaine de photographes et de journalistes. À l'autre, lui-même était tout près d'une porte devant laquelle se tenait un deuxième policier. Elle s'était alors subitement ouverte sur une femme dont les talons aiguilles avaient failli lui perforer ses neuvième et dixième segments abdominaux. La porte resta ouverte. Peut-être pour l'arrivée d'un visiteur. Durant ces quelques secondes, Jim avait jeté un coup d'œil dans le couloir accueillant, à l'éclairage tamisé, aux plinthes un peu éraflées — toujours un bon présage. Sous une impulsion dont il savait à présent qu'elle ne venait pas de lui, il s'était élancé à l'intérieur.

Il faisait bien, étant donné sa situation inhabituelle, allongé sur ce lit inconnu, de tout se remémorer en détail. Quel bonheur de savoir que son cerveau, son esprit étaient pour l'essentiel tels qu'ils avaient toujours été. Il demeurait, après tout, intrinsèquement lui-même. C'était à cause de la présence surprenante d'un chat qu'il avait pris la fuite, non pas vers les plinthes mais en direction de l'escalier. Il avait gravi trois marches et s'était retourné. Le chat tigré, marron et blanc, ne l'avait pas vu, mais Jim avait jugé dangereux de redescendre. Alors avait commencé sa longue ascension. Au premier étage, trop de gens allaient et venaient dans le couloir, entraient et sortaient des différentes pièces. Un risque accru de mourir piétiné. Une heure plus tard, lorsqu'il était arrivé au deuxième étage, on passait énergiquement l'aspirateur sur les moquettes. Il connaissait trop d'âmes qui avaient disparu ainsi, englouties dans un au-delà poussiéreux. Pas d'autre solution que de continuer à grimper jusqu'à... mais voilà que dans cette chambre mansardée, toutes ses pensées étaient soudain occultées par la sonnerie stridente d'un des téléphones sur la table de chevet. Alors qu'il se découvrait capable de mobiliser l'un de ses membres, un bras, il ne bougea pas. Il n'était pas sûr de sa voix.

Et quand bien même l'aurait-il été, que dire ? Je ne suis pas celui que vous croyez ? Au bout de quatre sonneries le téléphone se tut.

Jim se rallongea et laissa les battements frénétiques de son cœur s'apaiser. Il s'entraîna à mouvoir ses jambes. Elles lui obéissaient enfin. Mais se déplacèrent d'un centimètre à peine. Il essaya avec un bras, qu'il parvint à lever très au-dessus de sa tête. Reprenons. Jim s'était hissé jusqu'à la dernière marche, atterrissant hors d'haleine sur le palier du troisième étage. Il s'était faufilé sous la porte la plus proche, dans un petit appartement. D'ordinaire il serait allé droit vers la cuisine, au lieu de quoi il avait escaladé un pied de lit et, totalement épuisé, s'était glissé sous un oreiller. Il avait dû s'endormir profondément car... mais voilà qu'à présent on frappait, et, avant qu'il puisse réagir, la porte de la chambre s'ouvrit. Debout dans l'encadrement, une jeune femme en tailleur beige le salua brièvement de la tête avant d'entrer.

« J'ai essayé d'appeler, mais j'ai pensé que je ferais mieux de monter. Il est presque sept heures et demie, monsieur le Premier ministre. »

Il ne trouva rien à répondre.

La jeune femme, visiblement une assistante, s'avança dans la pièce et saisit la bouteille vide. Elle se montrait un peu trop familière.

« Sacrée soirée, je vois. »

Il n'aurait pas été convenable de garder plus

longtemps le silence. De son lit, il tenta de produire un son inarticulé, à mi-chemin entre un gémissement et un croassement. Pas mal. Plus aigu qu'il ne l'aurait voulu, vaguement sifflant, mais plausible.

L'assistante faisait un geste en direction de la plus grande table, désignant les boîtes rouges. « Je suppose que vous n'avez pas eu l'occasion de, hum... »

Pour ne prendre aucun risque, il produisit à nouveau le même son, cette fois sur une note plus grave.

« Après le petit déjeuner, vous pourriez peut-être y jeter un... Je devrais vous le rappeler : nous sommes mercredi. Conseil des ministres à neuf heures. Ordre du jour, et séance de questions à la Chambre à midi. »

Les questions au Premier ministre. À combien de séances n'avait-il pas assisté, captivé, tapi derrière les lambris vermoulus, en compagnie de quelques milliers de connaissances distinguées ? Tout lui était si familier, les questions criées par le chef de l'opposition, les brillantes dérobades, les railleries divertissantes et les bêlements plus vrais que nature. Ce serait un rêve devenu réalité d'être le *primo uomo* de cette opérette hebdomadaire. Mais était-il bien préparé ? Sans doute pas plus mal qu'un autre, surtout après un rapide coup d'œil aux quotidiens. Comme beaucoup de ses semblables, il se voyait bien donner la réplique au chef de l'opposition face à lui. Il serait prompt à bondir devant le pupitre, même sur deux pieds seulement.

À l'endroit où il disposait auparavant de solides mandibules, le bloc de chair compacte s'agita et la première parole humaine de Jim jaillit :

« D'accord.

— Je fais préparer votre café en bas. »

Il avait souvent dégusté du café en pleine nuit sur le sol du restaurant. Ce breuvage avait tendance à l'empêcher de dormir dans la journée, mais il en aimait le goût, le préférant avec du lait et quatre sucres. Il supposait que ce détail était connu des membres de son cabinet.

Dès que l'assistante eut quitté la pièce, il repoussa draps et couvertures et réussit enfin à poser ses jambes tubéreuses sur la moquette. Il finit par se mettre debout et, dominant tout d'une hauteur vertigineuse, titubant vaguement, il prit sa tête entre ses mains douces et pâles, et laissa échapper un nouveau gémissement. Quelques minutes plus tard, alors qu'il se dirigeait d'un pas incertain vers la salle de bains, ces mêmes mains entreprirent de lui enlever délicatement son pyjama. Cela fait, il se planta sur le carrelage agréablement chauffé. C'était plutôt amusant d'uriner bruyamment dans une cuvette en porcelaine prévue à cet effet, et son moral remonta. Avant de chuter à nouveau, quand il se retourna pour affronter le miroir au-dessus du lavabo. L'ovale échevelé de son visage, vacillant sur l'épaisse tige rose de son cou, lui faisait horreur. Ses yeux pareils à des têtes d'épingle le consternaient. La bordure de chair boursouflée, d'un rose plus sombre, qui encadrait un alignement de dents blanc écru le dégoûtait. Mais je suis là pour une noble cause et j'endurerai tout, se rassura-t-il en regardant ses mains ouvrir les robinets, prendre son blaireau et son savon à barbe.

Cinq minutes plus tard, alors qu'il faisait une pause, toujours titubant, la perspective de mettre les vêtements qu'on lui avait préparés lui donna la nausée. Ses semblables tiraient une immense fierté de leur superbe corps étincelant et n'auraient jamais eu l'idée de le dissimuler. Caleçon blanc, chemise à rayures bleues et blanches, costume sombre, chaussettes et chaussures noires. Il vit avec détachement ses mains nouer d'elles-mêmes ses lacets à toute vitesse, puis, quand il fut de retour devant le miroir de la salle de bains, sa cravate. Peignant ses cheveux d'un brun roux, il remarqua avec une nostalgie soudaine qu'ils étaient de la même couleur que sa bonne vieille carapace. Quelque chose de mon apparence aura au moins survécu, conclut-il mélancoliquement lorsqu'il fut en haut de l'escalier.

Il entama une descente vertigineuse, confiant à ses jambes le soin de le mener jusqu'en bas sain et sauf, comme il avait confié à ses mains le soin de le raser et de l'habiller. Il ne lâchait pas la rampe, étouffant un gémissement à chaque pas. Pour traverser les paliers aux virages en épingle à cheveux, il se cramponnait à deux mains. On aurait pu croire qu'il avait la gueule de bois. Mais il ne lui fallut que sept minutes pour descendre ce qu'il avait mis une heure à monter. Dans le hall au pied de l'escalier patientait un groupe de jeunes gens, hommes et femmes, chacun avec un dossier à la main. « Bonjour, monsieur le Premier ministre », murmurèrent-ils respectueusement, presque en chœur. Aucun d'eux n'osa croiser son regard en attendant qu'il prenne la parole.

Il toussota. « Eh bien allons-y. » Il était incapable d'en dire plus mais, par chance, un type plus âgé que les autres, portant un costume qui avait dû coûter aussi cher que le sien, se fraya un passage et, le prenant par le coude, l'entraîna dans le couloir.

« Juste un mot. »

Une porte s'ouvrit et ils entrèrent. « Votre café est là. »

Ils se trouvaient dans la salle du Conseil. À mi-chemin de la longue table, près du fauteuil le plus imposant, était posé un plateau avec le café, dont le Premier ministre s'approcha avec tant d'avidité qu'il fit les derniers pas en courant presque. Il espérait devancer son compagnon et s'octroyer quelques instants avec le sucrier. Mais tandis qu'il s'installait dans le fauteuil avec un minimum de décorum, on lui emplissait déjà sa tasse. Il n'y avait pas de sucre sur le plateau. Ni même de lait. Mais dans l'ombre grise de sa soucoupe, visible de lui seul, une mouche bleue agonisait. Toutes les deux ou trois secondes, ses ailes tremblaient. Il dut faire un effort pour détourner le regard en écoutant. Il se demanda s'il n'allait pas éternuer.

« Au sujet du Comité 1922. Les foutus suspects habituels.

— Ah oui.

— Hier soir.

— Bien sûr. »

Quand les ailes de la mouche vibraient, leur bruissement ressemblait à un acquiescement.

« Je me réjouis que vous n'ayez pas été là. »

Lorsqu'elle est morte depuis plus de dix minutes, une mouche bleue prend un goût incroyablement amer. Encore vivante ou tout juste décédée, elle a des arômes de fromage. De stilton, surtout.

« Ah bon ?

— C'est une mutinerie. En une de tous les quotidiens du matin. »

Rien à faire. Le Premier ministre allait éternuer. Il l'avait senti venir. Sans doute le manque de poussière. Il se cramponna au fauteuil. L'espace d'un instant explosif, il crut avoir perdu connaissance.

« À vos souhaits. On a parlé d'une motion de défiance. »

Quand Jim rouvrit les yeux, gêné par leurs paupières, la mouche avait disparu. Envolée. « Merde.

— C'est ce que j'ai pensé.

— Où est-elle ? Je veux dire, à quoi ça rime de...

— Les raisons habituelles. Vous êtes un Continualiste refoulé. Un conformiste infoutu d'inverser le cours des choses. Un adversaire du Projet. Un homme sans convictions. N'obtenant rien du Parlement. Zéro force de caractère. Ce genre d'arguments. »

Jim rapprocha sa tasse et sa soucoupe. Non. Il souleva la cafetière en inox. Rien dessous non plus.

« Je suis un Réversaliste aussi convaincu que n'importe lequel d'entre eux. »

À en juger par son silence, son conseiller spécial, si telle était sa fonction, en doutait. « Il nous faut un plan. Et vite », déclara-t-il soudain.

Alors seulement, son accent gallois ressortit. Le pays de Galles ? Une petite contrée tout à l'ouest, montagneuse, pluvieuse, perfide. Jim découvrait qu'il savait des choses, des choses différentes. Il savait différemment. Sa compréhension, comme son champ de vision, s'était rétrécie. Il regrettait la communion immédiate et à grande échelle avec tous ceux de son espèce, avec les ressources infinies et l'universalité de leurs phéromones. Mais il se souvenait enfin, et dans son intégralité, de la mission qui lui était assignée.

« Que suggérez-vous ? »

On frappa fort et une seule fois, la porte s'ouvrit et un homme de grande taille à la mâchoire imposante, aux cheveux noirs de jais coiffés en arrière et au costume sombre à fines rayures blanches fit irruption.

« Jim, Simon. Ça vous ennuie si je me joins à vous ? Mauvaises nouvelles. Une dépêche secrète vient d'arriver de... »

Simon l'interrompit. « Il s'agit d'une conversation privée, Benedict. Ayez la gentillesse de ficher le camp. »

Sans ciller, le secrétaire d'État aux Affaires étrangères tourna les talons et quitta la pièce, refermant la porte derrière lui avec un soin exagéré.

« Ce que je leur reproche, à ces types passés par les écoles privées, reprit Simon, c'est leur arrogance. Vous excepté, bien sûr.

— Certes. Quel est votre plan ?

— Vous l'avez dit vous-même. Si on fait un geste en direction des plus intransigeants, ils en réclament deux fois plus. Si on leur donne ce qu'ils veulent, ils vous pissent dessus. Si le Projet prend du retard, ils accusent tout le monde et n'importe qui. Vous en particulier.

— Donc ?

— Il y a un frémissement dans l'opinion publique. Les échantillons représentatifs ne chantent plus la même chanson. Les sondeurs nous ont donné les résultats par téléphone hier soir. Il y a une lassitude générale. Une peur croissante de l'inconnu. Des électeurs angoissés par leur vote, par ce qu'ils ont déchaîné.

— J'ai entendu parler de ces résultats », mentit le Premier ministre. Il devait sauver la face.

« Le problème est le suivant. Il faudrait isoler les tenants de la ligne dure. Motion de défiance, mon cul ! Prorogez le Parlement quelques mois. Épatez ces salauds. Ou mieux, virez de bord. Retournez votre...

— Vraiment ?

— Je suis sérieux. Il faut aller dans le sens…

— … des Continualistes ?

— Oui ! Le Parlement sera à vos pieds. Vous aurez une majorité. De justesse.

— Mais la volonté du p…

— Que le peuple aille se faire voir. Des cons, prêts à gober n'importe quoi. Nous sommes dans une démocratie parlementaire et vous êtes aux commandes. La Chambre s'enlise. Le pays se déchire. On a vu un ultra-Réversaliste décapiter un député continualiste dans un supermarché. Et un crétin de Continualiste vider son milk-shake sur un Réversaliste en vue.

— Un scandale, reconnut le Premier ministre. Le blazer de ce dernier sortait du pressing.

— Toute cette affaire est une catastrophe, Jim, il est temps d'y mettre un terme. » Il ajouta, plus doucement : « Vous en avez le pouvoir. »

Le Premier ministre fixa son conseiller, découvrant réellement son visage pour la première fois. Étroit et allongé, des tempes incurvées, de petits yeux marron et une bouche rose en cul-de-poule. Il avait une barbe grisonnante de trois jours, portait des baskets et un costume noir en soie sur un tee-shirt Superman.

« Ce que vous dites est très intéressant.

— Ma tâche est de vous maintenir à votre poste, et il n'y a pas d'autre moyen.

— Ce serait un… un… » Jim cherchait le mot. Il en connaissait plusieurs variantes en phéromone, mais elles lui échappaient. Il le trouva soudain : « Un virage à cent quatre-vingts degrés !

— Pas tout à fait. J'ai parcouru certains de vos discours. Il y a là de quoi sauver votre tête. Les difficultés. Les doutes. Les retards. Le genre de choses qui vous valent la haine des plus durs. Shirley peut préparer le terrain.

— Très intéressant, vraiment. » Jim se leva et s'étira. « Je dois moi-même parler à Shirley avant le Conseil des ministres. Et je vais avoir besoin d'être seul quelques minutes. »

Il entreprit de contourner la longue table pour se diriger vers la porte. Il finissait par prendre plaisir à marcher, à goûter cette impression de maîtrise toute neuve. Si improbable que cela ait pu paraître, on pouvait tenir debout sur deux pieds seulement. Être si loin du sol le dérangeait à peine. Et il se félicitait à présent de ne pas avoir mangé une mouche bleue en présence d'un autre homme. Cela aurait pu faire mauvais effet.

« Eh bien j'attends le résultat de vos réflexions », déclara Simon.

Devant la porte, Jim laissa les doigts d'une de ses étranges mains effleurer la poignée. Oui, il pouvait commander cette nouvelle machine si douce. Il pivota sur lui-même avec une lenteur délibérée, jusqu'à être face à son conseiller qui n'avait pas bougé de son siège.

« Vous l'avez dès maintenant. Je veux votre lettre de démission sur mon bureau dans une demi-heure, et vous dehors avant onze heures. »

*

Shirley, la minuscule et affable attachée de presse, toute de noir vêtue et portant des lunettes aux montures gigantesques, noires elles aussi, ressemblait de manière inquiétante à un lucane. Mais le Premier ministre et elle trouvèrent un terrain d'entente lorsqu'elle lui présenta un éventail de gros titres hostiles : « Sortez Jim le boulet ! », « Au nom de Dieu, qu'il parte ! ». Traiter à la manière de Simon les députés réversalistes de « foutus suspects habituels » aida à dédramatiser ces titres et à voir leur aspect comique. Jim et Shirley pouffèrent ensemble. Les quotidiens les plus sérieux reconnaissaient toutefois qu'une motion de défiance pouvait très bien être votée. Le Premier ministre s'était mis à dos à la fois les Continualistes et les Réversalistes de son parti. Il jouait trop l'apaisement. À force de vouloir amadouer les deux clans, il s'était aliéné le soutien de presque tout le monde. « En politique, écrivait un éditorialiste de renom, être bipartisan équivaut à signer son arrêt de mort. » De l'avis général, même si la motion était repoussée, son existence suffisait à saper l'autorité du Premier ministre.

« On verra bien », conclut Jim, et Shirley éclata de rire comme s'il venait de raconter une bonne blague.

Il alla s'asseoir seul afin de préparer le Conseil à venir. Il donna des consignes à Shirley pour que la lettre de démission de Simon parvienne aux médias juste avant que lui-même ne sorte dans la rue, pour démentir auprès des journalistes toute rumeur de désaccord. Shirley ne manifesta aucune surprise à l'annonce du licenciement de son collègue. Elle se borna à acquiescer d'un signe de tête avec bonne humeur en remportant les quotidiens du matin.

Il était mal vu, sauf pour le Premier ministre, d'arriver en retard au Conseil. Lorsqu'il pénétra dans la salle, tout le monde avait pris place autour de la table. Il s'assit dans son fauteuil, entre le chancelier de l'Échiquier et le secrétaire d'État aux Affaires étrangères. Avait-il le trac ? Pas exactement. Il était à la fois tendu et prêt, comme un sprinter dans les starting-blocks. Avec pour seul souci, dans l'immédiat, de paraître crédible. De même que ses doigts avaient su faire un nœud de cravate, il savait que mieux valait inspecter en silence la pièce du regard avant de prendre la parole.

Ce fut durant ces quelques secondes, en sondant l'œil éteint de Trevor Gott, chancelier du duché de Lancastre, puis ceux du ministre de l'Intérieur, des ministres de la Justice, du Commerce et des Transports, du président de la Chambre des lords et des sous-secrétaires d'État, qu'il sentit dans un éclair de lucidité s'épanouir en lui une joie inaccoutumée, transcendante, qui inondait son cœur et descendait le long de sa colonne vertébrale. En apparence, il garda son calme. Mais c'était une évidence : presque tous les membres de son gouvernement partageaient ses convictions. Plus important, et il l'ignorait jusqu'alors, ils partageaient la même origine que lui. Quand il avait rejoint Whitehall en cette nuit périlleuse, il croyait s'embarquer pour une mission solitaire. Jamais il ne lui était venu à l'idée que le lourd fardeau de sa tâche puisse être aussi le leur, que certains de ses semblables aient pu se diriger vers différents ministères pour habiter un autre corps et commencer le combat. Deux douzaines d'entre eux, un petit essaim de l'élite de la nation, venus incarner et enhardir une autorité chancelante.

Restait un problème mineur, un sujet d'irritation, une absence. Le traître à côté de lui. Il l'avait repéré au premier coup d'œil. Au paradis, il y a toujours un démon. Un seul. Il se pouvait très bien que parmi eux un courageux messager n'ait pu faire sans encombre le trajet depuis le Parlement, qu'il ait été sacrifié sous des pieds humains comme lui-même avait failli l'être, sur le trottoir devant les grilles. Quand Jim avait croisé le regard de Benedict St John, le ministre des Affaires étrangères, il s'était heurté au mur d'une rétine humaine sans pouvoir aller plus loin. Impénétrable. Rien à en tirer. Purement humain. Un imposteur. Un collabo. Un ennemi du peuple. Exactement le genre à se rebeller et à voter pour faire tomber son propre gouvernement. Il faudrait s'en occuper. À l'occasion. Pas tout de suite.

Mais les autres étaient là, et il les reconnut immédiatement à travers leur forme humaine, transparente et superficielle. Un groupe de frères et sœurs. Le gouvernement radicalement métamorphosé. Assis autour de la table, ils ne trahissaient en rien qui ils étaient vraiment, ni ce qu'ils savaient tous. Que leur ressemblance avec les humains était troublante ! Plongeant le regard dans les nuances de gris, de vert, de bleu et de marron de leurs yeux de mammifères et au-delà, jusqu'à leur noyau chatoyant de dictyoptères, il comprit et aima ses collègues et leurs valeurs. C'étaient aussi les siennes. Tous unis par un courage inébranlable et la volonté de réussir. Inspirés par une idée aussi pure et enthousiasmante que le sang et la terre. Tendus vers un objectif qui dépassait la raison pure pour embrasser une conception mystique de la nation, une compréhension aussi simple, et aussi simplement bienfaisante et vraie, que la foi religieuse.

Ce qui unissait également les membres de ce vaillant petit groupe, c'était la certitude des privations et des larmes à venir, même si, à leur grand regret, ils en seraient eux-mêmes exemptés. La certitude, aussi, qu'après la victoire la bénédiction d'un profond respect de soi viendrait ennoblir la population. À cet instant, la salle du Conseil n'était pas pour les faibles. Le pays allait se délivrer d'une servitude haïssable. Les meilleurs se libéraient déjà de leurs fers. Bientôt, l'incube du Continualisme serait chassé à coups de fourche du dos de la nation. Il en est toujours qui hésitent près de la porte ouverte de la cage. Qu'ils croupissent donc dans leur captivité choisie, esclaves d'un ordre corrompu et discrédité, avec pour seule consolation leurs courbes et leurs diagrammes, leur rationalité aride, leur timidité pathétique. Si seulement ils savaient que, déjà, l'événement mémorable avait échappé à leur contrôle, dépassé le stade de l'analyse et du débat pour entrer dans l'Histoire. Il avait déjà lieu, autour de cette table. Le destin collectif se forgeait dans l'âtre de la passion tranquille du gouvernement. Le Réversalisme dur était dans l'air du temps. Trop tard pour revenir en arrière !

DEUX

Les origines du Réversalisme sont obscures, et objet de nombreuses discussions chez ceux qui s'y intéressent. Durant presque toute son histoire, on l'a considéré comme une théorie expérimentale, un jeu de société, un canular. C'était la chasse gardée d'excentriques, d'hommes seuls qui écrivaient aux journaux de manière compulsive, à l'encre verte. De ceux qui pouvaient vous tomber dessus dans un pub et vous barber pendant une heure. Mais aux yeux de ses adeptes, cette théorie se distinguait par sa beauté et sa simplicité. Que l'on inverse le sens de la circulation de l'argent, et tout le système économique — la nation même — sera purifié, purgé de son absurdité, de ses gaspillages, de son injustice. À la fin d'une semaine de travail, une employée remettra à sa firme une somme correspondant à toutes ses heures de dur labeur. Mais quand elle ira dans les magasins, elle recevra une compensation généreuse, équivalant au prix de vente de chaque article qu'elle emportera. La loi lui interdisant d'amasser de l'argent liquide, celui qu'elle déposera à la banque après sa journée exténuante dans une galerie marchande sera placé à des taux d'intérêt fortement négatifs. Avant que ses économies ne soient réduites à néant, elle aura donc la sagesse de chercher un emploi plus cher, ou de se former dans ce but. Plus intéressant, et donc plus coûteux, sera celui qu'elle trouvera, plus elle devra s'adonner au shopping pour se l'offrir. L'économie sera stimulée, il y aura plus d'ouvriers qualifiés, tout le monde y gagnera. Un propriétaire devra inlassablement acheter des produits manufacturés pour pouvoir payer ses locataires. Le gouvernement commandera des centrales nucléaires et développera son programme spatial afin de pouvoir faire des cadeaux fiscaux aux travailleurs. Les directeurs d'hôtel feront venir le champagne le plus renommé, les draps les plus fins, les orchidées les plus rares, et le meilleur trompettiste du meilleur orchestre de la ville pour que leur établissement ait les moyens de rémunérer ses clients. Le lendemain, après une soirée particulièrement réussie sur la piste de danse, le trompettiste devra multiplier les achats pour financer sa prochaine apparition. Le résultat sera le plein emploi.

Thomas Mun et Josiah Child, deux économistes importants du XVIIe siècle, avaient fait quelques allusions à l'inversion du sens de la circulation de l'argent, avant d'en écarter l'idée sans s'y attarder. On sait au moins que cette théorie existait. Elle n'apparaît pas dans *La Richesse des nations*, l'ouvrage fondateur d'Adam Smith, ni chez Malthus ni chez Marx. À la fin du XIXe siècle, l'économiste américain Francis Amasa Walker manifesta un certain intérêt pour le renversement des flux financiers, mais il semble l'avoir fait verbalement plutôt que dans ses nombreux écrits. En 1944, dans une sous-commission de la conférence de Bretton Woods qui fixa le cadre de l'ordre économique d'après guerre et créa le Fonds monétaire international, un plaidoyer passionné pour le Réversalisme, intégralement retranscrit, fut prononcé par le représentant paraguayen Jésus X. Vélasquez. Il ne fit aucun adepte, mais on lui reconnaît généralement le mérite d'avoir été le premier à employer le terme en public.

En Europe de l'Ouest, l'idée séduisit ponctuellement quelques groupuscules de droite ou d'extrême droite, parce qu'elle semblait limiter le pouvoir et l'influence de l'État. En Grande-Bretagne, par exemple, alors que le taux d'imposition maximal était encore de quatre-vingt-trois pour cent, le gouvernement aurait dû distribuer des milliards de livres sterling aux acheteurs les plus acharnés. La rumeur voulait que le secrétaire d'État Keith Joseph ait tenté d'attirer l'attention de Margaret Thatcher sur « l'économie à flux renversé », mais elle n'avait pas le temps de s'y intéresser. Et dans une interview sur la BBC en avril 1980, sir Keith avait catégoriquement démenti cette rumeur. Dans les années 1990 et au début du deuxième millénaire, le Réversalisme maintint une présence modeste au sein de divers groupes de discussion, et de think tanks de centre droit marginaux.

Lors de l'arrivée spectaculaire du Parti réversaliste sur le devant de la scène grâce à son message populiste et anti-élitiste, la thèse du « flux renversé » était déjà largement familière, même chez ses adversaires. Une fois que les Réversalistes eurent obtenu l'approbation d'Archie Tupper, le président américain, et plus encore quand ils commencèrent à attirer les électeurs, le Parti conservateur réagit en entamant une lente dérive vers la droite et au-delà. Mais aux yeux du Conservateur moyen, le Réversalisme demeurait, pour citer George Osborne, ex-chancelier de l'Échiquier, « l'idée la plus démente au monde ». Nul ne sait quel économiste ou journaliste avait inventé le terme « Continualiste » pour désigner ceux qui préféraient prudemment voir l'argent continuer à circuler toujours dans le même sens. Beaucoup en revendiquèrent la paternité.

À gauche, surtout au sein de la « vieille gauche », une poignée de militants avait toujours eu un faible pour le Réversalisme. Par conviction, entre autres, que cela redonnerait leur dignité aux chômeurs. Sans emplois à financer et avec le temps de faire du shopping, ces derniers pourraient devenir réellement riches en biens matériels, à défaut de pouvoir accumuler de l'argent. Pendant ce temps-là, les riches de longue date ne pourraient rien faire de leur fortune, sinon la dépenser pour créer des emplois lucratifs. Quand les électeurs du Parti travailliste issus de la classe ouvrière comprirent ce qu'ils avaient à gagner en inscrivant leur fils à Eton ou leur fille au Cheltenham Ladies' College, ils revirent eux aussi leurs ambitions à la hausse et se rallièrent à la cause.

Afin de consolider leur socle électoral et de se concilier l'aile réversaliste de leur parti, les Conservateurs avaient promis dans leur programme de 2015 d'organiser un référendum sur l'inversion du sens de la circulation de l'argent. Le résultat, inattendu, fut dû en grande partie à une alliance implicite entre travailleurs pauvres et seniors de toutes les classes sociales. Les premiers, ne voyant pas l'intérêt de maintenir le statu quo et n'ayant rien à perdre, étaient impatients de rapporter chez eux aussi bien des denrées de première nécessité que des articles de luxe, et d'avoir beaucoup d'argent en poche, même brièvement. Les seniors, sous l'effet du déclin cognitif et par nostalgie, se laissaient attirer par ce qu'ils prenaient pour une possibilité de remonter le temps. Les deux groupes étaient animés à des degrés divers par un zèle nationaliste. Coup médiatique de génie, la presse réversaliste avait réussi à présenter la cause qu'elle défendait comme un devoir patriotique, la promesse d'une renaissance et d'une purification de la nation : tout ce qui allait mal dans le pays, y compris l'inégalité des revenus et des chances, le fossé Nord-Sud et la stagnation des salaires, était causé par le sens dans lequel l'argent circulait. Si l'on aimait son pays et ses habitants, il fallait renverser l'ordre établi. Jusqu'à présent, les flux financiers n'avaient servi que les intérêts d'élites méprisantes. « Faites circuler l'argent autrement » devint un slogan irrésistible parmi tant d'autres.

Le Premier ministre à l'origine du référendum démissionna aussitôt, et l'on n'entendit plus jamais parler de lui. À sa place émergea un candidat du compromis : James Sams, un Continualiste tiède. Au sortir de sa visite à Buckingham Palace, il promit sur le perron du 10 Downing Street d'honorer la volonté du peuple. Le sens de la circulation de l'argent serait inversé. Mais comme prévu par nombre d'économistes et de commentateurs dans les journaux à faible tirage et les revues spécialisées, ce n'était pas si facile. Premier problème de taille, celui du commerce extérieur. Les Allemands se réjouiraient à coup sûr de recevoir nos marchandises en même temps que nos paiements considérables. Mais, à coup sûr également, ils ne renverraient pas l'ascenseur en nous livrant leurs voitures pleines de billets. Avec notre déficit commercial, nous serions vite ruinés.

Comment une économie réversaliste pouvait-elle prospérer dans un monde acquis aux Continualistes ? Les négociations avec nos principaux partenaires, les Européens, étaient au point mort. Trois années s'écoulèrent. Un Parlement à majorité de Continualistes, mais écartelé entre le bon sens et le respect de la volonté populaire, ne pouvait proposer aucune solution pratique. Sams avait hérité d'une majorité fragile et se démenait pour calmer les passions entre les factions de son parti. Dans certains journaux, on le surnommait malgré tout « Lucky Jim », car la situation aurait pu être bien plus grave : Horace

Crabbe, le vénérable chef de l'opposition, était un Réversaliste de la gauche postléniniste.

Tandis que Sams tergiversait et que son gouvernement restait divisé sur plusieurs sujets sensibles, un groupe de puristes parmi les députés conservateurs durcissait sa position. La Grande-Bretagne devait faire cavalier seul et convertir par l'exemple le reste du monde. Si celui-ci refusait de lui emboîter le pas, eh bien tant pis. Ce serait le ROC. Le Réversalisme Orthodoxe Contre tous. La chanson puis le tag fleurirent partout: «"Roc" Around the Clock». Nous avions déjà fait cavalier seul après la défaite de la France en 1940, quand la terreur nazie déferlait sur l'Europe. Pourquoi nous soucier des automobiles allemandes? Mais Sams hésitait toujours, promettant tout à tout le monde. La plupart des économistes, des journalistes de la City, des représentants du patronat et de la finance prédisaient une catastrophe économique s'il suivait les Réversalistes durs. Les banques, les liquidateurs, les compagnies d'assurances et les multinationales délocalisaient déjà. D'éminents chercheurs, lauréats du prix Nobel, se désespéraient dans des tribunes publiées en une par la presse. Mais dans la rue, le cri du peuple était sonore et sincère : « Finissons-en ! » L'humeur était à une colère croissante, au soupçon justifié d'avoir été trahis. Un quotidien caricatura Jim Sams en comte de Gloucester dans *Le Roi Lear*, bandeau sur les yeux au bord d'une falaise crayeuse de Douvres, tandis qu'Edgar, en Réversaliste dur à la John Bull, l'incitait à se jeter dans le vide.

Alors, sans préavis et à la surprise générale, Sams et son gouvernement hésitant semblèrent prendre leur courage à deux mains. Ils s'apprêtaient à faire le grand saut.

*

Après avoir sondé toutes les paires d'yeux autour de la table, et une fois certain de ne pas entonner un hymne à la joie sous l'effet des phéromones, le Premier ministre prononça solennellement quelques paroles de bienvenue. Sa voix était grave et posée. Un muscle au-dessus de sa pommette droite tressautait régulièrement. Personne n'avait encore vu cela. Dans ses remarques liminaires, il ne fit qu'une vague allusion à leur identité commune, en parlant d'un « nouveau » gouvernement qui voterait désormais d'une seule voix au Parlement. Plus d'indiscipline. Une obéissance aveugle et sans faille. S'ensuivirent un bruissement prolongé et un murmure approbateur autour de la table. Tous étaient d'accord, une colonie dévouée au service d'une même cause.

Ensuite, les choses sérieuses. Au sortir du Conseil, ils trouveraient en plusieurs exemplaires les résultats d'un sondage sur les intentions de vote, qu'ils devaient emporter et lire de près. Un résultat, en particulier, devait retenir leur attention : les deux tiers des électeurs entre vingt-cinq et trente-quatre ans rêvaient d'un dirigeant autoritaire qui « n'aurait pas à se soucier du Parlement ».

« Dans l'immédiat, nous devons nous en soucier, déclara Jim. Mais... » Il laissa la suite en suspens et le silence se fit dans la salle. « Le projet de loi sur le Réversalisme revient devant la Chambre dans trois mois. Tous les amendements de l'opposition seront repoussés. Les mesures transitoires entreront en vigueur dès maintenant. Le chancelier de l'Échiquier le confirmera, nous allons dépenser huit milliards de livres pour organiser la transition. »

Le chancelier, un homme glacial de petite taille, sourcils gris pâle et barbiche blanche, ravala sa surprise et opina sagement du chef.

Le Premier ministre acquiesça en retour et lui adressa un sourire distant sans desserrer les lèvres. Immense satisfaction. « Autant que vous le sachiez. J'ai fixé le R-Day, la journée du Réversalisme, au 25 décembre, quand les magasins sont fermés. Après cela, les ventes de Noël entraîneront une augmentation colossale du PIB. »

Il regarda autour de lui. Tous l'observaient intensément. Aucun d'eux ne gribouillait machinalement sur le bloc-notes placé devant lui. Jim leva les bras et joignit les mains sur sa nuque, sensation étrangement agréable.

« On ira vers un assouplissement quantitatif en faisant marcher la planche à billets, pour que les grands magasins aient les moyens de payer leurs clients et les clients leurs emplois. »

Le secrétaire d'État aux Affaires étrangères intervint sèchement : « On a une crise qui se prépare dans... »

D'un signe de tête infime, le Premier ministre

le réduisit au silence. Il laissa retomber ses bras le long de son corps. « La réussite du R-Day — notre Journée nationale, pourrait-on l'appeler — est la priorité absolue. Mais notre deuxième priorité est tout aussi importante. Sans elle, la première risque d'échouer. »

Il marqua une pause pour ménager le suspense. Durant ce bref intervalle, il eut le temps de s'interroger sur ce qu'il devait faire de Benedict St John. Son intrus. Difficile d'organiser un crime parfait depuis Downing Street. En son temps, ce bouffon de Jeremy Thorpe avec son chapeau haut de forme l'avait tenté depuis la Chambre des communes. L'issue tenait lieu d'avertissement.

« Il faut s'attendre à des cahots en chemin et s'assurer que la population nous suive. Les échantillons représentatifs sont volatils, au moment précis où nous avons besoin d'une popularité au plus haut. C'est vital. Nous allons donc augmenter les impôts sur les bas salaires et les baisser pour les riches. Verser des aides généreuses aux travailleurs après le 25. Pour les financer, comme notre chancelier en conviendra sûrement dans sa grande sagesse, nous accroîtrons les revenus du gouvernement en recrutant vingt mille policiers supplémentaires, cinquante mille infirmiers, quinze mille médecins, et deux cent mille éboueurs pour le ramassage quotidien des ordures. Avec les réductions d'impôts, ces nouvelles recrues n'auront sans doute aucun mal à s'offrir leurs emplois. Et les Chinois nous doivent huit cents milliards de livres pour les trois centrales nucléaires qu'ils veulent construire. »

Le silence attentif qui régnait dans la pièce parut changer de tonalité, perdre en intensité. Personne ne faisait confiance au gouvernement chinois. Paierait-il ? Inverserait-il la circulation de l'argent à l'échelle de son immense économie ? Quelqu'un toussa poliment. D'autres examinaient leurs ongles. S'il n'avait pas encore perdu le soutien du gouvernement, Jim eut conscience qu'il risquait de récolter son scepticisme. Il fut sauvé par la ministre des Transports, affable députée d'une circonscription du Nord-Est et fumeuse de pipe, connue pour son ambition démesurée.

« Nous économiserions beaucoup d'argent en prolongeant la ligne de trains à grande vitesse jusqu'à Birmingham.

— Génial. Merci, Jane. »

Enhardi, Humphrey Batton, le ministre de la Défense à la musculature et à la mâchoire saillantes, ajouta : « Et en commandant quatre porte-avions.

— Excellent, Humph.

— Dix mille places de prison supplémentaires feraient rentrer deux milliards et demi dans les caisses.

— Bravo, Frank. »

Voilà qu'ils s'y mettaient tous, soucieux de plaire, se coupant la parole pour énoncer les projets ministériels permis par ces nouvelles largesses.

Trônant dans son fauteuil, radieux, le Premier ministre se laissait bercer par leurs voix, murmurant de temps à autre : « Formidable... À la bonne heure... Épatant ! »

Au bout d'un certain temps, inévitablement, un sentiment d'épuisement prévalut dans la salle, accalmie durant laquelle le secrétaire d'État aux Affaires étrangères prit la parole :

« Et pour nous ? »

Toutes les têtes se tournèrent avec respect vers

Benedict St John. Et Jim comprit qu'il était seul à connaître le statut particulier de cet homme.

« Quoi donc ? »

Le secrétaire d'État ouvrit ses paumes pour montrer qu'il s'agissait d'une évidence. « Prenez mon cas. Mais ce pourrait être le vôtre. L'an prochain, je suis censé faire la tournée de toutes les capitales pour le projet Global Britain et convaincre les gouvernements locaux de nous suivre. Or je perçois un salaire annuel de 141 405 livres.

— Et alors ?

— Avec ma famille nombreuse à charge, je ne peux tout simplement pas joindre les deux bouts. Où vais-je trouver le temps de faire les magasins pour payer mon emploi ? »

À nouveau, ce discret bruissement sous la table. Jim jeta un coup d'œil autour de lui. Était-ce un sarcasme ? Peut-être Benedict avait-il parlé en leur nom à tous.

Le Premier ministre le fixa avec un mépris total. « Nom d'un chien, comment pourrais-je... vous n'avez qu'à, euh... »

Ce fut Jane Fish, la ministre des Transports, qui le tira d'affaire une fois de plus.

« Allez sur Amazon, Bennie. Un seul clic. Achetez-vous une Tesla ! »

Un soupir collectif de soulagement accueillit cette élégante solution. Le Premier ministre s'apprêtait à poursuivre, mais St John n'en avait pas terminé.

« Je suis inquiet. Lors de votre R-Day, la livre risque de plonger. »

Votre R-Day ? C'était intolérable, mais Jim parvint à garder une expression bienveillante. « Cela facilitera nos exportations.

— C'est bien le problème. Les exportations. Il faudra envoyer encore plus d'argent à l'étranger. »

Jim lui expliqua comme à un enfant : « En contrepartie, on en gagnera sur nos importations.

— En trois ans, on n'a rallié que les îles de Saint-Kitts-et-Nevis. Ça risque d'être ruineux, Jim. »

Chaque membre du gouvernement observait attentivement cette joute. Le Premier ministre éclata de rire avec une jubilation sincère, car après avoir envisagé la mort inexplicable du secrétaire d'État aux Affaires étrangères, il venait d'imaginer ses obsèques, une cérémonie moyennement fastueuse où il prononcerait lui-même l'éloge funèbre. À la cathédrale Saint Paul. Le « Nimrod » d'Elgar. Les Horse Guards. Ce qui lui rappela qu'il n'avait pas pris son petit déjeuner.

« Eh bien, Benedict, la ruine menace souvent une nation, comme disait Karl Marx.

— Non, Adam Smith.

— C'est d'autant plus vrai. »

Les ministres se détendirent. Ils voulaient voir cette réplique comme un argument massue, censé clore la discussion. Jim reprit son souffle pour annoncer le point suivant de l'ordre du jour.

Mais le secrétaire d'État aux Affaires étrangères insista : « Passons à l'essentiel.

— Par pitié, vieux », grogna Frank Corde, le ministre de l'Intérieur.

Benedict était assis en face du ministre de la Défense. Quand les regards des deux hommes se croisèrent, Batton haussa les épaules et contempla ses mains. Dis-le-leur, toi.

« C'est une crise qui prend de l'ampleur. Pas encore de déclarations officielles. Mais on m'apprend que le *Daily Mail* s'apprête à diffuser l'information sur son site. Autant que vous soyez tous au courant. Je n'ai pas l'habitude de...

— Venez-en au fait, lança Jim.

— Peu après sept heures ce matin, une frégate française est entrée en collision avec le *Larkin*, l'un de nos chalutiers au large des côtes bretonnes, près de Roscoff. Coupé en deux. Six hommes à bord. Tous repêchés.

— Content de l'apprendre. Reprenons donc...

— Tous morts noyés. »

Le Premier ministre et ses collègues avaient grandi avec la mort comme réalité quotidienne et l'habitude des festins posthumes comme mesure d'hygiène, lesquels représentaient d'ailleurs une forme assez décente de... Il chassa ces pensées. Et eut le bon sens de laisser le silence s'installer brièvement avant de parler : « Tragique. Mais la mer est dangereuse. Pourquoi cette discussion ?

— Le chalutier pêchait illégalement. Dans les eaux territoriales françaises.

— Eh bien ? »

Le secrétaire d'État aux Affaires étrangères posa le menton sur ses mains jointes. « Nous nous taisions le temps que les familles soient informées. Mais ça a fuité sur Twitter. La rumeur veut désormais que les Français aient délibérément coulé notre bateau. Pour faire respecter leurs droits de pêche.

— Quelle est la position française ? demanda le chancelier du duché de Lancastre.

— Épais brouillard, modeste chalutier en bois, à deux kilomètres des côtes, transpondeur coupé pour une raison quelconque. Aucun signal sur le radar de la frégate. Nos propres informations transmises par la Navy et d'autres sources recoupent tout ce que disent les Français.

— Donc les choses sont claires », conclut le ministre de la Justice.

Benedict St John jeta un coup d'œil à sa montre. « Le *Daily Mail* va publier un article belliqueux sur son site ce matin : un affront patriotique. La nouvelle sera bientôt sur toutes les plateformes. Ça se présente mal. Il y a cinquante minutes, au moment où on s'asseyait, quelqu'un a lancé une brique dans une fenêtre de l'ambassade de France. »

Il s'interrompit et regarda le Premier ministre. « Il nous faut une prise de position au plus haut niveau. Pour calmer ce jeu absurde. »

Tout le monde dévisageait Jim, qui se tassa dans son fauteuil et lâcha, s'adressant au plafond : « Hmm.

— Et un coup de fil au président français, la conversation étant rendue publique ? insista Benedict d'une voix mielleuse.

— Hmm. »

Tous observaient et attendaient.

Le Premier ministre se redressa enfin et fit un signe de tête au secrétaire du gouvernement, assis à l'écart comme de coutume. « S'ils sont enterrés en même temps, je veux assister aux obsèques.

— Cela risque de sembler un peu…, commença le secrétaire d'État aux Affaires étrangères.

— Attendez. Mieux que ça. Si les cercueils reviennent ensemble, et bon sang débrouillez-vous pour qu'il en soit ainsi, je compte être là, sur le quai ou le tarmac, peu importe. »

Tandis que les autres se figeaient, moins indignés que fascinés, le secrétaire d'État tremblait de rage. Il parut sur le point de se lever, puis se rassit. « Vous ne pouvez pas faire ça, Jim. »

Le Premier ministre avait soudain l'air jovial.

Il adopta un ton désinvolte, moqueur et chantant. « Bon, à l'issue du Conseil, Benedict, vous irez au coin de la rue dans votre splendide bureau et vous ferez deux choses. Vous convoquerez l'ambassadeur de France pour lui demander des explications. Et vous en informerez votre service de communication. »

Le secrétaire d'État prit une profonde inspiration. « On ne peut pas jouer avec le feu. C'est un allié très proche.

— Six de nos vaillants pêcheurs ont péri. Jusqu'à preuve du contraire, j'émets l'hypothèse qu'il s'agit d'une attaque méprisable. »

Le ministre de la Défense finit par rassembler son courage. Sa voix émit un son étranglé. « En fait, les éléments communiqués par l'Amirauté sont parfaitement sûrs.

— Les amiraux ! Tous des planqués. Inquiets pour leur maison de campagne en Dordogne, sans aucun doute. »

Bien vue, l'allusion à ce coin de France vendu aux Anglais et désormais passé de mode. Il y eut des gloussements autour de la table. La mâchoire contractée de Benedict St John indiquait qu'il n'avait rien de plus à dire. Mais le

Premier ministre continua de le fixer avec insistance durant près de trente secondes. Cela eut pour effet d'intimider le reste de l'auditoire, en particulier Humphrey Batton, célèbre dans le pays en tant qu'ancien capitaine du 2e régiment de parachutistes. Il se concentra sur quelque chose d'intéressant dans le verre d'eau posé devant lui. Il le serrait à deux mains.

« On obtiendra le soutien des Américains, reprit Jim. Leurs sentiments pour les Français sont imprévisibles. Des commentaires ? Parfait. Alors poursuivons. » Il tira de sa poche un bout de papier déchiré dans un exemplaire du *Spectator*. Une liste y était inscrite au crayon. « En l'honneur du R-Day, nous mettrons en vente une pièce commémorative de dix livres sterling. Je pensais à l'image en miroir d'une pendule. »

La réaction fut unanime : « Génial... Quelle merveilleuse idée ! » Le chancelier de l'Échiquier ravala sa salive et acquiesça d'un hochement de tête. « Les aiguilles allant dans le sens inverse de celles d'une montre, je suppose », lança quelqu'un.

Le Premier ministre foudroya son gouvernement du regard, cherchant le coupable. La blague tomba à plat. « D'autres suggestions ? »

Il n'y en eut aucune.

« Point suivant. Un jour férié sera instauré en l'honneur du R-Day. De toute évidence, la période de Noël ne convient pas, je compte donc choisir la date la plus proche du Nouvel An : le 2 janvier. Des objections ?

— Non, murmurèrent les ministres.

— Très bien. Il se trouve que c'est le jour de mon anniversaire. »

À ces mots tous les membres du Conseil, sauf Benedict St John, applaudirent en tapant sur la table.

Modestement, le Premier ministre leva le bras pour les interrompre et le silence se fit dans la pièce. Durant sa brève existence antérieure, jamais il n'avait éprouvé une telle satisfaction. Il lui semblait que cinq ans avaient passé, et non pas trois ou quatre heures, depuis qu'il s'était réveillé, triste et égaré, incapable de mouvoir ses jambes ou sa langue. Il le voyait bien sur le visage de ses collègues : il détenait le pouvoir, l'incarnait dans cette salle, comme partout dans le pays et au-delà. Difficile à croire. Jubilatoire. Sidérant. Rien ne pouvait lui barrer la route.

Il jeta un coup d'œil à sa liste. « Ah oui. J'ai eu une idée. Le mouvement réversaliste a besoin d'une chanson, quelque chose de positif. Une sorte d'hymne. Plus populaire que "L'Hymne à la joie". M'est revenu en mémoire ce vieux tube des années soixante. "Walking Back to Happiness". Vous devez le connaître. Non ? Helen Shapiro, nom de Dieu ! »

Ils ne connaissaient ni le tube ni la chanteuse. Mais ils n'osèrent pas faire non de la tête. Quel qu'ait été le lien secret qui les unissait, ils se trouvaient impliqués jusqu'au cou, perdus dans leurs rôles respectifs. Leur ignorance leur coûtait cher, car le Premier ministre se mit à chanter d'une voix de baryton mal assurée, les bras en croix, se forçant à sourire tel un crooner chevronné.

« *Walking back to happiness, yeepee, oh yeah yeah.* »

Retournons vers le bonheur... Les membres du Conseil n'osaient pas échanger un regard, conscients qu'un sourire malvenu pouvait mettre fin à leur carrière. Pas plus qu'ils n'osèrent refuser d'entonner le refrain en chœur, quand le Premier ministre les y incita d'un geste explicite de l'index. À l'unisson, ils reprirent solennellement : « Yé yé yé yé, ba doum bi dou », comme ils l'auraient fait pour un chant choral d'Hubert Parry.

Tout en s'égosillant, Jim s'aperçut que le secrétaire d'État aux Affaires étrangères restait muet. Il n'articulait même pas les paroles en silence. Immobile, il regardait droit devant lui, peut-être avec gêne. À moins que ce ne soit du mépris ?

Quand les voix se turent en ordre dispersé, Benedict St John se leva et, ne s'adressant à personne en particulier, déclara : « Eh bien, comme vous le savez, j'ai des choses à faire. » Sans même saluer le Premier ministre, il quitta rapidement la pièce.

Se retournant pour le voir sortir, Jim s'étonna qu'il soit possible de ressentir tant de joie et de haine en même temps. Un cœur humain comme celui qu'il possédait à présent était une chose merveilleuse.

*

Après avoir mené la réunion du Conseil à son terme, Jim passa quelques minutes seul, à peaufiner sa déclaration de politique générale. Il en remit quelques extraits choisis à Shirley pour qu'elle rédige un communiqué de presse. Elle travaillait vite et bien. Lorsqu'on vint le prévenir que sa voiture l'attendait et qu'on lui ouvrait la porte d'entrée, les journaux avaient déjà eu vent de la volonté de renouveau et de l'audace qui animaient son gouvernement. C'était si bon de sortir en pleine lumière, de dominer de toute sa hauteur le seuil sur lequel il rampait la veille au soir. Si bon d'entendre l'avalanche de questions criées depuis le trottoir d'en face. Pour accorder leurs trente secondes aux photographes, il fit une pause près de la porte qui s'était refermée derrière lui, mais ne prit pas la parole. Il se contenta d'un salut amical de la main et afficha un demi-sourire résolu devant les caméras. Désormais il maîtrisait parfaitement sa vision binoculaire sans facettes, précise et riche en couleurs, et leva lentement les yeux au-dessus du visage des journalistes et de leur matériel. Puis, alors que la Jaguar XJ Sentinel (un véhicule blindé tout à fait à son goût) s'arrêtait devant lui et que la portière s'ouvrait, il leva les deux bras triomphalement, avec un large sourire cette fois, et se pencha pour s'installer sur la banquette arrière.

Durant le bref trajet le long de Whitehall pour rejoindre le palais de Westminster, il eut le temps de savourer à l'avance le moment où il se lèverait devant l'antique valise diplomatique qui tenait lieu de pupitre pour exprimer clairement les intentions de son gouvernement. À la pensée de l'auditoire caché, silencieux, qui serait tapi derrière les lambris, il fut étreint par l'émotion. À cet instant précis, sa famille devait se rassembler dans l'obscurité. Comme elle serait fière de lui.

*

Extrait de la transcription officielle *Hansard*,
19 septembre, vol. 663. Discours de politique générale.

Le Premier ministre (James Sams)

Avec votre permission, Mr Speaker, je vais faire une déclaration portant sur la mission de ce qui est, de fait, un nouveau gouvernement conservateur. Quand le projet de loi reviendra dans cette Chambre, Mr Speaker, notre mission sera en effet d'appliquer le Réversalisme afin d'unir et de revigorer notre grand pays : non seulement de lui rendre sa grandeur, mais d'en faire le meilleur endroit sur Terre. Il est plus que possible, et moins qu'impossible, qu'en 2050 le Royaume-Uni ait l'économie la plus dynamique et la plus prospère d'Europe. Nous serons au centre d'un nouveau réseau d'échanges commerciaux à flux renversé. Nous deviendrons les meilleurs dans tous les domaines. Nous vivrons au pays de l'aviation électrique. Nous dissuaderons le reste du monde de détruire notre précieuse planète. Ce même monde suivra notre brillant exemple et chaque nation inversera le sens de la circulation de l'argent afin de ne pas rester sur le bord de la route... *[Interruption.]*

Mr Speaker

Silence ! Cette Chambre est beaucoup trop bruyante. Trop de députés croient avoir le droit de crier leurs opinions au Premier ministre. Que les choses soient claires : il n'en est rien.

Le Premier ministre

Mr Speaker, j'applaudis votre intervention. Ce gouvernement n'est plus divisé. Tous les ministres et moi-même faisons bloc et parlons d'une seule voix. Nous sommes formidablement unis. Ce projet de loi sera donc voté. Rien ne nous barrera la route. Nous accélérons la réforme de la fonction publique pour préparer la transition. Nous allons intensifier au plus vite nos échanges commerciaux et les étendre au-delà des courageuses îles de Saint-Kitts-et-Nevis. En attendant, nous décrétons le Réversalisme Orthodoxe Contre tous. Nous ferons cavalier seul exactement comme nous l'avons fait par le passé. On exagère démesurément beaucoup d'aspects négatifs du Réversalisme. L'heure n'est plus aux théories frileuses des Continualistes. Que nul n'en doute, la circulation de l'argent est sur le point de changer de sens — et il n'était que temps. Dès le premier jour, celui du R-Day, on en ressentira les effets bénéfiques sur les plans macro et microéconomiques. Le jour même, par exemple, notre police dotée de nouveaux pouvoirs pourra interpeller un automobiliste pour excès de vitesse et lui remettre par la vitre deux billets de cinquante livres. Il incombera à cet automobiliste, afin d'échapper à d'éventuelles poursuites judiciaires, d'utiliser cet argent pour faire et financer des heures supplémentaires, ou pour trouver un emploi un peu plus intéressant. Ce n'est qu'un seul exemple, Mr Speaker, de la façon dont le Réversalisme stimulera l'économie, motivera nos brillants concitoyens, et consolidera notre démocratie.

Le Réversalisme se révélera une bénédiction pour l'avenir — celui d'une nation propre, écologique, prospère, unie, sûre d'elle et ambitieuse. Quand, tous ensemble, nous nous attellerons à la tâche, nous serons peu à peu délivrés du poids mort de l'économie défendue par les Continualistes, de son immense bureaucratie, de sa législation hostile aux entreprises, de ses normes en matière de santé et de sécurité. Et très vite, toutes les nations de la planète en seront délivrées à leur tour. Nous sommes au début d'un nouvel âge d'or. Mr Speaker, j'approuve cet avenir devant la Chambre, de même que j'approuve cette déclaration.

Plusieurs députés se lèvent.

Mr Speaker

Silence !

[La séance reprend.]

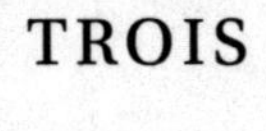

TROIS

Le jeune homme qui avait lancé la brique contre l'ambassade de France, ce matin-là, s'était enfui et n'avait pas été arrêté. Cela n'était pas passé inaperçu à Paris. Au moment de l'incident, on estimait que la foule qui s'était formée à Knightsbridge comptait environ cinquante personnes. En fin d'après-midi elles étaient plus de cinq cents, dont plusieurs marins pêcheurs venus de Hull dans des cars mis à leur disposition par le Parti réversaliste. Il y eut des slogans et des cris, mais la manifestation fut pacifique. Les cinq policiers supplémentaires affectés à la surveillance de l'ambassade n'eurent pas grand-chose d'autre à faire que de monter la garde devant l'entrée principale. Or, peu après seize heures trente, quelqu'un lança une bombe incendiaire. Elle atterrit sans dommage dans l'herbe humide sous une fenêtre, près de quelques lauriers, et n'explosa pas. C'était une bouteille de lait contenant deux ou trois centimètres d'essence à briquet. On parla de cocktail Molotov, ce qui était sans doute techniquement vrai. Cette attaque ne passa pas non plus inaperçue à Paris.

Plus tôt dans l'après-midi, l'ambassadeur de France, le comte Henri de Clermont L'Hérault, avait été convoqué au ministère des Affaires étrangères et du Commonwealth pour s'expliquer sur la mort des six marins pêcheurs. La rencontre fut officiellement considérée comme « constructive », l'ambassadeur ayant présenté aux familles ses plus sincères condoléances et toutes ses excuses pour ce tragique accident. Elle fut peu reprise dans la presse car, à dix-sept heures, le Premier ministre sortit du 10 Downing Street pour faire une déclaration d'une fermeté inhabituelle. On avait examiné la prétendue bombe, si lamentable fût-elle ; c'était une fusée de feu d'artifice, un « pétard mouillé », et, selon toute vraisemblance, rien de plus qu'une plaisanterie de très mauvais goût. Sams lut ensuite le nom des morts, qu'il décrivit comme des « héros anglais ». Il présenta lui aussi ses plus sincères condoléances aux familles endeuillées, se déclara « perturbé » par ce drame et « pas entièrement satisfait » des explications données plus tôt par l'ambassadeur. Il avait recueilli l'avis d'experts. La technologie moderne, surtout sur un bâtiment militaire de construction récente, était si sophistiquée que l'on comprenait mal comment un chalutier long d'une dizaine de mètres n'avait pu être détecté dans le brouillard, même épais. Le Premier ministre avait retenu que le capitaine de ce bateau ignorait sans doute qu'il pêchait dans les eaux territoriales françaises en toute illégalité. Il concédait qu'au sein d'un ordre international reposant sur certaines règles, les droits de pêche devaient être respectés. Cependant — et là il s'interrompit —, en cas de violations « la réaction doit être mesurée et appropriée ». Il souhaitait donc « obtenir des éclaircissements supplémentaires de la part de nos chers amis français ». Refusant de répondre aux questions, il tourna les talons et regagna le 10 Downing Street.

En l'espace d'un instant, une tragédie avait

engendré une crise diplomatique. Le président Larousse, déjà déconcerté et agacé par *l'inversion britannique*[1] et la menace qu'elle faisait planer sur les exportations françaises de vins et de fromages au Royaume-Uni, était, au dire de son porte-parole, « déçu » de voir les Anglais « mettre en doute la parole d'un ami très proche ». Que le gouvernement Sams puisse insinuer que les dirigeants français avaient pour politique de « tuer d'innocents pêcheurs égarés dans leurs eaux territoriales représentait une insulte envers tout ce à quoi la France est attachée ». M. Sams, en difficulté à cause d'une décision qui avait divisé son pays, reprenait à son compte « un regain de nationalisme et de colère fabriqué de toutes pièces par un déchaînement irrationnel sur Twitter ». À contrecœur, le président avait décidé de rappeler son ambassadeur. Le comte Henri de Clermont L'Hérault allait regagner Paris pour des consultations.

Assez logiquement, Jim décida de rappeler l'ambassadeur de Grande-Bretagne en poste à Paris. Les choses se présentaient bien. Dans

1. En français dans le texte.

une période aussi difficile, le pays avait besoin d'un ennemi sûr. Les journalistes patriotes félicitèrent le Premier ministre de tenir tête aux Français et de parler au nom de « nos morts ». Le discours de politique générale devant la Chambre des communes avait également été bien reçu par une bonne partie de la presse. « Qui donc a mis à Jim du cœur au ventre ? » titrait un éditorial du *Daily Mail*.

À la fin de cette première journée bien remplie, le Premier ministre s'était retiré dans son petit appartement tout en haut de l'immeuble et avait entrepris de se familiariser avec Twitter — une version primitive de l'inconscient régi par les phéromones, décréta-t-il. À la lecture du dernier message posté par Archie Tupper, il se demanda si, peut-être, le président américain ne serait pas « l'un des nôtres ». Un technicien obséquieux envoyé par le service informatique de Whitehall aida le Premier ministre à ouvrir son compte personnel. Au bout de deux heures, il avait cent cinquante mille *followers*. Et une heure plus tard, deux fois plus.

Étendu de tout son long sur le canapé, il découvrit qu'un tweet était le support parfait pour prendre du recul sur « l'affaire Roscoff », comme on l'appelait désormais. Sa première tentative ne fut pas une réussite. « Larousse le Continualiste n'est qu'un loser et, à mon avis, le président français le moins efficace de mémoire d'homme. » *À mon avis* : comme s'il y en avait d'autres. Médiocre. Et impossible de revenir en arrière. Le lendemain, le président américain s'éveilla de bonne heure pour diriger les débats depuis son lit et montrer comment on s'y prenait. « Cette demi-portion de Sylvie Larousse coule des navires anglais. TRÈS MAL ! » C'était de la poésie, d'allier ainsi la densité du sens à la légèreté d'un tel affranchissement du réel. Larousse se retrouvait à la fois émasculé et rabaissé par des sarcasmes qui, fondés ou non (il se prénommait Sylvain, mesurait un mètre soixante-dix-neuf), le ridiculiseraient à jamais ; le chalutier devenait non seulement un navire, mais des navires ; aucune allusion pénible aux morts. Le jugement final était d'une candeur enfantine, deux syllabes mémorables qui faisaient mouche. Et ce paraphe en majuscules, ce point d'exclamation laconique ! Venue du pays des hommes libres, une belle leçon sur la liberté de l'imaginaire.

Plus tard, crayon et calepin en main, Jim envisagea d'apporter quelques ajustements au projet de loi sur le Réversalisme. Il constatait que celui-ci offrait des opportunités aux délinquants. Rester sans emploi, faire les magasins sans relâche, remplir une valise de billets, foncer dans un pays de l'Union européenne à l'économie corrompue, ouvrir un compte bancaire. Travailler à Calais pour gagner de l'argent, faire son shopping à Douvres pour en gagner davantage. Les salauds. La solution était évidente — de toute façon, elle existait déjà. Une société sans argent liquide garderait une trace numérique de chaque livre dépensée dans les magasins ou pour payer son emploi. Détenir plus de vingt-cinq livres serait un délit, et nul ne serait censé l'ignorer. Peine maximale encourue ? Mieux valait ne pas se montrer trop sévère, au début du moins. Cinq ans, donc.

Il prenait des notes à toute vitesse et d'une écriture déliée, formant les lettres avec plaisir. Un pouce opposable n'était pas une si mauvaise idée. Ces jeunes espèces parvenues, comme l'*Homo sapiens*, étaient parfois à l'origine d'une évolution utile. Mais en matière d'élaboration ou d'enregistrement des idées, l'écriture était lugubrement analogique, malgré son charme artisanal. Jim ne s'interrompit qu'une fois dans ses efforts, pour dévorer un plat de poulet à la parmesane qu'on lui avait apporté sur un plateau. Il ne toucha pas à la salade.

Point suivant. Sitôt la loi votée, il devait avoir pour priorité de convaincre les Américains d'inverser le sens de leur économie. Tout le reste en découlerait. Les Chinois seraient obligés d'inverser le sens de la leur afin de pouvoir financer leurs exportations, les Japonais et les Européens également. Pour rallier Tupper à cette cause, il fallait anticiper, prévoir des cadeaux appropriés. Jim en était à sa quatrième page de notes. *Problème : A. T. ne boit pas d'alcool/visite d'État pour l'amadouer/banquet avec Sa Majesté, carrosse doré et laquais, fanfares, disc. au Parlement, etc./ titre de chev. de la Jarretière, plus Croix de Victoria, plus anoblissement hon./membre d'hon. de White's/offrir Hyde Park terrain de golf priv.*

Mais rien dans l'éducation du président américain, un homme à l'esprit de sérieux, avec des goûts de luxe et ses propres certitudes morales, ne lui permettrait d'apprécier la hiérarchie des médailles et décorations. Que représentait White's ou Hyde Park pour quelqu'un possédant les clubs privés les plus chers et les plus grands terrains de golf ? Qui avait envie d'être anobli, quand on était soi-même « M. le Président » à vie ? En fin d'après-midi le même jour, le Premier ministre avait sérieusement réfléchi. Il avait chargé son équipe d'effectuer des recherches sur certaines subtilités juridiques du système américain et l'étendue du pouvoir présidentiel, et sur la façon dont les deux s'accommoderaient d'une économie à flux inversé. Jim savait à présent tout ce qu'il y avait à savoir sur l'article 2 de la Constitution américaine. Il avait conscience de la force de la loi, du pouvoir sidérant d'un décret présidentiel. Comme tout le monde, il savait aussi que le président était le commandant en chef des forces armées des États-Unis. Le secrétariat du gouvernement lui avait donné une vue d'ensemble du processus de négociation et d'adoption du budget américain de la Défense. Dans ses notes figurait le montant précis de celui-ci, en milliards de dollars, pour l'année à venir. Le ministre de la Justice était venu à Downing Street pour expliquer la situation. Le président des

États-Unis pouvait, de sa propre initiative, déléguer à son administration la gestion du budget de la Défense approuvé par le Congrès. Dans un système réversaliste normal, les fonds feraient le circuit inverse, remontant des trois forces armées, et de tous leurs fabricants et fournisseurs, jusqu'au président. Sept cent seize milliards de dollars seraient à lui.

« À lui personnellement ? Légalement ? avait demandé Jim à son ministre.

— Oui, légalement. Cela créerait un précédent qui pourrait surprendre ses adversaires. Mais avec ce président, la plupart des gens ont l'habitude des surprises.

— Que les choses soient claires. Il pourrait placer cet argent à son nom ?

— Bien sûr. Aux îles Cayman, peut-être. Le président russe pourrait certainement l'aider. Même à de faibles taux d'intérêt, il pourrait assez bien vivre avec sept ou huit milliards par an sans toucher au capital.

— Et la défense des États-Unis ? »

Le ministre de la Justice avait éclaté de rire. « Le Congrès ratifierait à nouveau le budget. Ces temps-ci, ils adorent emprunter. »

Mais à présent, alors que, au bout de la rue, Big Ben sonnait tristement onze heures du soir, Jim s'inquiétait de la façon dont il allait présenter l'affaire au téléphone. Tupper n'était pas homme à se contenter d'une vie simple. Sept cent seize milliards de dollars suffiraient-ils ? Jim devait-il lui suggérer de renflouer le budget de l'Éducation ? Ainsi que celui des services de santé ? Mais cela nécessiterait sans doute trois décrets. Trop compliqué. Il allait devoir tenter sa chance. À Washington il était dix-huit heures. Le président serait devant la télévision et risquait de ne pas apprécier cette interruption. Jim hésita quelques secondes de plus, fixant le tourbillon de couleurs racornies de son assiette vide, les rouges tirant sur le pourpre et les blancs crémeux, après quoi il téléphona à l'équipe de nuit et demanda qu'on mette en place un appel illimité. Il fallut vingt-cinq minutes pour échanger les protocoles d'identification, activer la reconnaissance vocale et obtenir l'attention du président, puis dix de plus pour qu'on le lui passe. Pas mal pour une conférence non programmée.

« Jim.

— Monsieur le Président. J'espère ne pas vous déranger au beau milieu d'une importante…

— Non, j'étais juste, hum… J'ai appris que vous en faisiez voir aux Français.

— Ils ont tué six de nos pêcheurs.

— C'est un crime, Jim.

— Absolument. Je suis on ne peut plus d'accord. »

Pendant un moment angoissant, cet accord vida l'échange de son intérêt. Jim entendait à l'autre bout du fil des cris et des coups de pistolet, puis de nombreux hennissements avant un brusque changement de scène, sur fond de musique orchestrale avec cors d'harmonie et instruments à cordes évoquant un désert semé de cactus et de tertres. Il tenta d'aborder un sujet sûr. « Comment va Mel… »

Le président lui coupa la parole. « Quoi de neuf au sujet de, vous savez, ce truc, ce projet de Révangélisme ?

— Le Réversalisme ? Fantastique. Nous sommes fin prêts, ou presque. Beaucoup d'enthousiasme, ici. Il s'agit d'un tournant historique.

— C'est bien que les choses bougent. Faites en baver à l'Union européenne.

— Je voulais justement en discuter avec vous, monsieur le Président.

— Vous avez dix minutes. »

Le Premier ministre présenta donc le projet dans les termes employés par son ministre de la Justice, ajoutant quelques métaphores de son cru, inspirées par la plomberie et la météorologie. Le long des canalisations courait une déferlante d'énergie nouvellement libérée qui faisait exploser les vieilles théories, dynamitait les blocages anciens, et, à la fin, d'un déversoir ou d'une vanne d'écoulement, jaillissait haut dans le ciel une source fabuleuse de contrats commerciaux et de fonds, les dollars électroniques retombant sur le sol comme une pluie longtemps espérée, un tourbillon de feuilles d'automne dans la tempête ou de flocons de neige dans le blizzard, qui se déversaient sur...

« Mon compte ? demanda le président d'une voix rauque. Vous avez dit "sur mon compte d'investissement" ?

— Offshore, bien entendu. Vous devriez charger votre équipe de vérifier. »

Un silence, seulement rompu par les vagues de rires enregistrés de la télévision, la musique d'un piano de bastringue, le tintement des verres et des salves de coups de feu.

Enfin : « Dit sous cette forme, je reconnais que ça peut se défendre. Absolument. Je pense qu'ensemble on pourrait faire du Révangélisme une réussite, Jim. Mais je dois maintenant, hum...

— Une dernière chose, monsieur le Président. Je peux vous poser une question personnelle ?

— Bien sûr. Du moment que ce n'est pas sur...

— Non. Évidemment que non. C'est au sujet de... d'*avant*.

— D'avant quoi, Jim ?

— Six ?

— Pardon ?

— Bon. Êtes-vous... Avez-vous un jour...

— Un jour quoi ?

— Avez-vous eu, euh...

— Nom de Dieu, Jim ! Finissons-en ! Eu quoi ? »

La réponse arriva dans un murmure : « Six pattes ? »

La communication fut coupée.

*

La météo, cet emblème fiable des humeurs nationales et privées, était agitée. Cinq jours de canicule avec des températures record furent suivis par deux semaines de précipitations record dans tout le pays. Comme les rivières de moindre importance, la Tamise était en crue, et Parliament Square se languissait sous dix centimètres d'eau où flottaient de nombreux emballages plastiques et cartonnés. Même les meilleurs photographes ne parvenaient pas à rendre la scène pittoresque. Dès que les pluies cessèrent, une nouvelle vague de chaleur arriva des Açores et une deuxième canicule s'ensuivit, plus longue que la précédente. Une semaine durant, alors que les cours d'eau rentraient dans leur lit, tous les Londoniens riverains du fleuve marchèrent sur une épaisse et douce couche d'alluvions. Le taux d'humidité ne fut jamais inférieur à quatre-vingt-dix pour cent. Quand la boue séchait, il y avait de la poussière. Quand les vents brûlants soufflaient, ce qu'ils faisaient avec une férocité inhabituelle et pendant plusieurs jours d'affilée, il y avait pour la première fois des tempêtes de sable urbaines, des nuées d'un jaune brunâtre, assez denses pour dissimuler à la vue Nelson sur sa colonne. D'après les analyses, une partie de ce sable venait du Sahara. Un scorpion vivant, de couleur noire et long de dix centimètres, fut découvert à Borough Market dans un arrivage de dattes fraîches. Impossible de convaincre les réseaux sociaux, toujours fébriles, que ces créatures venimeuses n'arrivaient pas par la voie des airs, apportées d'Afrique du Nord par un vent de sud-ouest. Un déluge de scorpions avait des échos bibliques. Réelle ou non, cette menace accrut le malaise profond d'une minorité substantielle de l'électorat, convaincue de l'imminence d'une catastrophe provoquée par un gouvernement de dangereux idéologues. Une autre minorité, légèrement plus importante, se croyait à l'orée d'une grande aventure, et en attendait le début avec impatience. Les deux factions étaient représentées au Parlement, mais pas au gouvernement. La météo disait vrai. Partout, des turbulences et un manque de visibilité.

Peu coopératifs, les Français mirent une semaine à renvoyer un par un, après autopsie, les cadavres des pêcheurs dans leur cercueil. Ils furent rapatriés par avion à Stansted, pas le genre d'aéroport où Jim souhaitait être vu. À la demande expresse du gouvernement, les corps ne furent pas immédiatement rendus aux familles. Ils furent entreposés dans une morgue de la périphérie de Cambridge, et une fois le dernier pêcheur mort arrivé de France, tous les six furent transportés à Royal Wootton Bassett par un appareil de la Royal Air Force. Jim se chargea de l'organisation de la cérémonie. Il décida qu'il n'y aurait pas de fanfare. À la place, il attendrait seul sur la piste d'atterrissage en silence, face à une équipe de télévision et à l'imposant quadrimoteur qui viendrait s'arrêter au ralenti. Une silhouette solitaire affrontant courageusement l'avion gigantesque. Les antennes de Jim captaient parfaitement les attentes de l'opinion publique. Effet du hasard, la scène eut lieu le jour où s'abattirent les premières trombes d'eau. Les cercueils, enveloppés dans le drapeau britannique et portés en file indienne par des Grenadier Guards marchant avec une lenteur funèbre, furent déposés aux pieds du Premier ministre. La pluie tombait bien. Jim eut la bonne idée de refuser un parapluie lorsqu'il se mit au garde-à-vous sous le déluge. Étaient-ce des larmes sur son visage ? On pouvait raisonnablement le penser. Toute la nation s'unissait dans un chagrin aussi spectaculaire que passager. À Hull et près du HMS *Belfast* à Londres, les montagnes de fleurs, d'ours en peluche et de chalutiers miniatures atteignaient une douzaine de mètres de hauteur.

Puis vint la deuxième canicule. Sous son toit chauffé à blanc, ses fenêtres hermétiquement fermées à cause du sable apporté par le vent, l'appartement du Premier ministre connut une extraordinaire hausse des températures. Mais cette chaleur moite revigorait Jim. Jamais il ne s'était senti en meilleure forme. Son sang, stimulé et fluidifié, courait dans ses veines et alimentait en idées nouvelles son esprit affairé. Il avait refusé de remplacer Simon par un nouveau conseiller spécial. Il se dispensait également d'assister au Conseil des ministres. Instaurer le Réversalisme était son unique tâche, celle à laquelle il s'attelait de toutes ses forces, comme il l'avait promis devant le Parlement. Le Réversalisme l'absorbait totalement, au point qu'il ne savait plus pourquoi ni comment. Il baignait dans une félicité à peine consciente, perdant la notion du temps et l'appétit, oubliant même sa véritable identité. Il était en proie à une obsession délirante, consumé par une étrange passion, échauffé par un impérieux désir d'obtenir davantage d'explications, de détails, de mises à jour. Vaguement inspiré par le souvenir de Churchill en 1940, il ajoutait à chacune de ses consignes écrites la phrase suivante: *Confirmez-moi dans la journée que les indications ci-dessus ont bien été suivies.* Le tout étant communiqué à la presse. Le Premier ministre consultait les dirigeants du MI5 et du MI6, les représentants du patronat et des syndicats, les médecins, les infirmières, les chefs d'établissement, les directeurs de prison et les recteurs d'université. Préférant ne pas répondre aux questions, il expliquait patiemment à quel point leurs différents secteurs d'activité prospéreraient grâce au nouveau système économique. Il rencontrait régulièrement le chef de file des députés conservateurs. La loi sur le Réversalisme serait apparemment votée sans difficulté, avec une vingtaine de voix d'avance. Le Premier ministre rédigeait des rapports, donnait des ordres, passait des coups de téléphone pour motiver son équipe ministérielle. Il transmettait à Shirley des communiqués de presse inspirants. La réforme de la fonction publique avait bel et bien été accélérée : à Londres, la lumière restait allumée toute la nuit dans les ministères. Au 10 Downing Street également. Devant la résidence officielle du Premier ministre, des coursiers venaient chercher ou déposer des documents trop confidentiels pour être envoyés par courrier électronique.

Plus loin de là, les derniers développements étaient également positifs. En Provence, des Français patriotes couvrirent de peinture rouge une ferme appartenant à des Britanniques. Les tabloïds londoniens exprimèrent une saine indignation. Quand le Premier ministre tint le président Larousse pour personnellement responsable, une caricature de John Bull avec le visage de Jim, et armée d'une massue, parut dans le *Sun* et circula sur Internet. Dans les sondages, Sams devançait Horace Crabbe de quinze points. Dans ses tweets matinaux, le président américain décrivit le Premier ministre Sams comme « un grand homme » et annonça qu'il était temps d'inverser les flux dans l'économie américaine. Avant l'heure du déjeuner, le Dow Jones avait chuté de mille points. Le lendemain matin, Tupper changea d'avis. Il se contentait de « tester l'idée », déclara-t-il. Les marchés financiers de la planète furent rassurés. Lorsque le président de la Banque centrale des États-Unis qualifia le projet réversaliste de « délirant », Tupper, furieux, fit volte-face. Le Réversalisme, de nouveau à l'ordre du jour, mettrait « les vieilles élites à genoux ». Cette fois, le Dow Jones ne réagit pas. Comme le disait une source bien informée à Wall Street, les marchés s'affoleraient quand il serait temps de s'affoler.

Ce fut Gloria, la jeune femme en tailleur venue réveiller Jim le premier matin, qui frappa à sa porte tard un soir pour lui apprendre la nouvelle. On avait retrouvé Simon pendu à un câble de halage dans la chambre de sa maison d'Ilford, où il vivait seul. Mieux encore, il n'avait pas laissé de lettre. Il était mort depuis au moins une semaine. Tandis que Gloria descendait chercher du champagne, Jim rédigea un mot d'éloge et de regret. Simon avait eu la bonté de ne pas écrire ses mémoires ou de comploter avec des ennemis du Projet. Gloria souhaita bonne nuit à Jim et emporta le chaleureux panégyrique — profondément émouvant, dirait-on ensuite — au rez-de-chaussée pour que Shirley le tape et l'envoie aux médias. Le Premier ministre but seul la bouteille de champagne en poursuivant sa tâche. Mais sa concentration habituelle était légèrement troublée. Quelque chose le travaillait, le petit fil du soupçon se dévidait en lui sans qu'il s'explique pourquoi. Il finit par poser son stylo pour réfléchir. Tout venait d'une superstition triviale dont lui, la plus rationnelle des créatures, ne pouvait se débarrasser : récemment il n'y avait eu que des bonnes nouvelles — rythme de travail stimulant, prévisions du chef de file du groupe conservateur, échec de la fronde du Comité 1922, mort des pêcheurs, presse favorable, popularité au plus haut, la peinture rouge, les éloges de Tupper, et maintenant ce développement inattendu. Son angoisse était-elle si irrationnelle, alors que l'expérience de toute une vie prouvait qu'à un moment ou à un autre la chance finissait par tourner ? Au bout de son câble, Simon avait réussi à le déstabiliser. Il dormit mal, redoutant toute la nuit que cette mort bienvenue ne laisse présager un retournement.

Lequel se produisit le lendemain matin, en deux temps et chaque fois dans le même sens.

Il y eut d'abord l'arrivée d'un e-mail matinal du chef de file du parti. Une cabale avait été montée par certains de ses propres députés, un groupe de Continualistes qui se réunissaient chez l'un d'eux, quelque part près de Londres. On ne savait pas grand-chose à leur sujet, ni leur nombre ni leurs noms. Il y avait des suspects évidents, mais aucune preuve, seulement la tiédeur de certaines dénégations. Jusque-là, ils votaient pour le gouvernement afin de ne pas se trahir. Mystérieusement ou par miracle, ils avaient réussi à ne pas éveiller l'attention du secrétariat du chef de file du parti. On avait toutefois une certitude. L'instigateur était le secrétaire d'État aux Affaires étrangères, Benedict St John, et on le soupçonnait de vouloir aider l'opposition à mettre en échec le projet de loi sur le Réversalisme quand celui-ci reviendrait devant la Chambre des communes.

Cette affreuse déloyauté occupa l'esprit du Premier ministre pendant qu'il se rasait, s'habillait et descendait l'escalier. Furieux, il avait envie de frapper quelqu'un ou de casser quelque chose. Il dut se forcer à faire bonne figure lorsque ses jeunes conseillers le saluèrent dans le couloir. Il avait été trop soucieux, trop content de lui. Voilà des jours qu'il aurait dû régler le sort de Benedict St John. Si seulement il pouvait agir à sa guise, il se ferait un plaisir d'égorger l'homme d'un coup de hache. Ces pensées violentes ne s'estompèrent qu'au moment où il s'assit pour boire son café et où son attachée de presse, lèvres pincées, ouvrit devant lui les pages centrales du *Daily Telegraph*.

C'était l'une de ces fuites venues du cœur même du gouvernement et que le quotidien excellait à révéler, semblant à peine s'apercevoir que celle-ci contredisait sa ligne réversaliste pure et dure. Elle avait tout d'un scoop. Il s'agissait du résumé, impeccablement mis en page, d'un rapport de la Royal Navy révélant que l'affaire Roscoff était un accident. Difficile d'en douter, devant les données fournies par les radars et les satellites, les enregistrements des communications de la frégate avec sa base ou avec les plongeurs, ceux des échanges entre l'ambassade de France et le palais de l'Élysée, le récit des témoins oculaires. Jim relut tout deux fois. Rien à quoi Simon ait pu avoir accès. Parmi les nombreux schémas et clichés se trouvait une photo de lui debout sur le tarmac, ruisselant de pluie près des cercueils recouverts du drapeau national. Cette fuite était un calcul politique, une attaque visiblement inspirée par les Continualistes. La source ne faisait aucun doute. Il existait un lien entre ces deux développements. Les ennemis du Premier ministre sortaient du bois et le Réversalisme était menacé. Jim savait qu'il fallait agir vite.

Le secrétariat de Shirley avait déjà préparé un communiqué de presse. Jim le parcourut en totalité, supprimant toute trace d'excuses aux Français. Une position d'attente honorable. Il refusait les interviews. En son for intérieur, il se sentait immensément soulagé d'apprendre que la mort de l'équipage du *Larkin* était la conséquence d'un accident tragique. Grâce au courage de la Royal Navy, on disposait des preuves irréfutables que le gouvernement français, pour des raisons qui lui étaient propres, avait été incapable de fournir. La terrible épreuve qui frappait les familles de l'équipage disparu demeurait un sujet de profond... etc., un deuil cruel, etc. Le Premier ministre remerciait les autorités françaises pour toutes leurs... etc., etc., et il tenait à rassurer son cher voisin que les enregistrements de routine des échanges radio et téléphoniques ne représentaient qu'une expression sincère de la profonde estime du Royaume-Uni, etc., etc., etc., pour la Ve République.

Jim signa le texte et, remontant l'escalier, prévint son équipe qu'il ne voulait pas être dérangé. Il s'enferma à clé dans l'appartement, enleva les documents posés sur la table basse, plaça en son centre un grand bloc-notes et un stylo bille rouge. Assis, le menton appuyé sur sa paume, il hésita, puis se mit à écrire des noms, à les encercler, à relier les cercles à l'aide de lignes simples ou doubles, agrémentées de flèches et de points d'interrogation. Il évaluait des actes et leurs conséquences éventuelles — risque d'être découvert, possibilité de nier — à travers le prisme déformant des alliances, des ruptures et des disgrâces. Son esprit était parfaitement au point et équilibré, bien préparé depuis des temps immémoriaux à œuvrer pour sa survie et le progrès de l'espèce. Et puis une vie de combat quotidien, presque routinier, avait développé chez lui l'aptitude à défendre tout ce qu'il possédait — sans en avoir l'air. Il gardait son calme, certain qu'il l'emporterait. Dans ces moments de stratégie, il se sentait pleinement lui-même, jouissant de la politique à l'état pur, c'est-à-dire de la volonté d'arriver à ses fins par tous les moyens. Après une demi-heure d'intense réflexion et de calculs, il conclut qu'il était à l'évidence trop tard pour commanditer le meurtre du secrétaire d'État aux Affaires étrangères. Il tourna la page de son bloc-notes et, face à la suivante encore blanche, envisagea la suite.

Il existait d'autres formes de meurtre, plus douces. La vie sociale contemporaine était un arsenal métaphorique d'armes remises au goût du jour, de chausse-trapes, de fléchettes empoisonnées, de mines explosives attendant un pas imprudent. Cette fois, Jim n'hésita pas. Il mit deux heures à écrire son article, sans doute pour le *Guardian*, une forme de confession nécessitant un don qui lui manquait jusque-là : se mettre dans la tête de quelqu'un d'autre. Il persévéra, et au bout de trois paragraphes il commençait déjà à s'apitoyer sur son sort, ou sur celui de la personne qu'il allait devoir trouver et convaincre. Ou menacer. C'était un plan dont le dénouement restait ouvert. On ne pouvait le découvrir qu'en l'écrivant. Quand Jim eut terminé, il arpenta l'étroite mansarde en exultant. Rien n'était plus libérateur qu'une suite de mensonges bien ficelés. Voilà donc pourquoi on devenait écrivain... Il se rassit, la main près du téléphone. Trois noms figuraient sur sa liste. À qui pouvait-il faire confiance ? Ou de qui se méfiait-il le moins ? À peine s'était-il posé la question qu'il avait la réponse, et déjà son index pianotait sur le clavier.

*

La seule chose que tout le monde savait sur Jane Fish, c'était qu'elle fumait la pipe. Et tout le monde savait qu'en réalité il n'en était rien. Elle n'était même pas fumeuse. Des années plus tôt, commençant sa carrière par le poste le plus humble, le plus minable et le plus ingrat du gouvernement — le secrétariat d'État à l'Irlande du Nord —, elle était venue à Belfast soutenir la campagne anti-tabac d'une association caritative. Pour souligner les dangers du tabagisme passif, elle avait accepté de tirer une bouffée sur une pipe et de souffler la fumée à la figure d'une enfant. La fillette fermait les yeux et n'avait rien inhalé. Mais dans la vie publique, on grossit toujours le trait. Suivirent les quarante-huit heures rituelles de tempête médiatique. Comme Jane Fish parlait vrai, était souvent dans l'actualité et avait un visage agréable, mais sans rien d'exceptionnel, les caricaturistes n'eurent d'autre choix que de la représenter la pipe à la bouche. Pour les humoristes politiques, elle resterait à jamais « Jane Fish, la fumeuse de pipe ». Elle était très populaire. Dans les enquêtes d'opinion, elle était souvent classée parmi les pragmatiques et appréciée pour ses prises de position contre l'allaitement maternel en public. Elle avait été une Continualiste passionnée jusqu'au moment où, s'inclinant devant la volonté du peuple, elle était devenue une Réversaliste tout aussi passionnée. On l'admirait pour sa capacité à défendre les deux causes.

Des trois femmes sur la liste, elle était, du point de vue du Premier ministre, la plus sensible à l'influence de ses phéromones originelles. Il était bon juge. Au téléphone ce soir-là, quand il lui exposa les faits, elle comprit aussitôt la nécessité d'agir avec fermeté. Elle lui confia avoir toujours eu des doutes au sujet de Benedict. Jim lui fit aussitôt porter par un coursier à vélo son article manuscrit sous pli scellé. Elle le rappela une heure et demie plus tard pour lui suggérer quelques modifications. Certaines concernaient des détails historiques, d'autres ce qu'elle voyait comme « un problème de voix ». Le lendemain matin, Shirley tapa le manuscrit abondamment raturé et se rendit à King's Cross pour remettre le tapuscrit au rédacteur en chef du *Guardian*, et négocier avec lui. Le Premier ministre avait insisté pour qu'elle reste sur place jusqu'à ce que l'article soit sous presse. Le *Guardian* était un quotidien tolérant qui avait naguère publié une tribune d'Oussama ben Laden et employait comme journaliste un permanent d'Hizb ut-Tahrir, une organisation extrémiste. Jim allait un peu loin en publiant un article sous le nom de Jane Fish, mais comment le rédacteur en chef d'un journal proche des Continualistes pourrait-il résister, quand une ministre attaquait un collègue de ce gouvernement qu'il méprisait ?

C'est un spectacle formidable, profondément émouvant, que celui offert par un grand quotidien, lorsqu'il n'a que quelques heures pour sortir un scoop. Entrent alors noblement en jeu un immense savoir-faire, l'esprit d'équipe, la mémoire du passé et la capacité d'analyse. Le bâtiment devient une ruche bourdonnante. Shirley raconta ensuite à son équipe qu'elle se serait crue dans un hôpital de campagne au plus fort d'une bataille sanglante. La une du journal fut remaniée, ainsi que trois autres pages et le propre éditorial du rédacteur en chef. À dix-sept heures cet après-midi-là, les premiers exemplaires sortirent des rotatives. Pour les journalistes vétérans, il y eut peut-être de l'émotion à tenir l'un d'eux dans leurs mains. Mais cela ne signifiait plus grand-chose. Depuis quelques heures, le site du journal diffusait les mêmes révélations constamment mises à jour. Les quotidiens rivaux avaient eu tout le temps de reprendre le scoop pour leurs éditions du lendemain, et les informations télévisées du soir de réviser leur sommaire. Réseaux sociaux, blogs et sites politiques étaient survoltés. L'affaire Roscoff et l'historique détaillé de ces meurtres qui se révélaient n'avoir été qu'un simple accident furent rétrogradés en fin de liste. En accusant les Français, le Premier ministre n'était pas plus dans l'erreur que n'importe qui d'autre. Aucune manœuvre douteuse au large des côtes bretonnes, donc, mais à Whitehall elles étaient légion. Un grand serviteur de l'État venait de tomber en disgrâce. Où était passé le secrétaire d'État aux Affaires étrangères ? Quand allait-il démissionner ? Comment le gouvernement gérerait-il cette crise ? Quelles seraient les conséquences pour le Réversalisme ? Quand les hommes au pouvoir réformeraient-ils leur conduite ? À cette dernière question, la réponse du Premier ministre tenait en un mot.

QUATRE

Long de deux mille huit cent cinquante-sept mots, il avait été écrit à regret plus que par esprit de vengeance. C'était un récit où le harcèlement, les intimidations, les railleries obscènes et les attouchements déplacés conduisaient parfois à des agressions verbales. L'insistance de Fish sur le fait qu'il n'y avait pas eu viol conférait à son témoignage une véracité accrue. La sensibilité à vif avec laquelle la Nordiste au franc-parler relatait ces épisodes émut aux larmes certains lecteurs. Même un rédacteur en chef adjoint ne put retenir les siennes. Ces événements affligeants s'étaient déroulés quinze ans plus tôt, durant la vingtaine de mois où Jane Fish avait été l'assistante parlementaire de Benedict St John, lui-même secrétaire d'État au Travail et aux Retraites. Elle en souffrait depuis, à la fois trop inquiète pour sa carrière et trop humiliée pour parler ouvertement, et curieusement soucieuse de protéger son talentueux collègue. Elle rompait à présent le silence parce que le dernier enfant du secrétaire d'État aux Affaires étrangères avait dix-huit ans, et qu'elle se sentait désormais le devoir de le faire au nom des jeunes femmes en situation vulnérable comme elle autrefois. « Le secret honteux du secrétaire d'État », titrait en une le *Guardian*. Une photo de l'époque montrait Fish montant dans un train à la suite de Benedict St John, dont elle portait les valises. Entourant le corps du texte, quelques filets d'explication et d'analyse. Dans son éditorial, le rédacteur en chef déplorait ce comportement ignoble, mais il mettait en garde contre tout jugement hâtif. À la page des tribunes d'opinion, l'un de ses jeunes journalistes affirmait que non seulement la victime avait toujours raison, mais qu'on avait toutes les raisons de la croire.

À la lecture de son exemplaire du *Guardian* cet après-midi-là, seul dans la salle du Conseil, le Premier ministre se surprit, tout bien considéré, à partager l'avis de ce dernier. Plus il relisait l'article dont il était l'auteur et en admirait la mise en page, plus il le trouvait convaincant. Le mérite en revenait à Jane. Des mensonges d'une telle méchanceté, d'une telle cruauté. Une telle insulte aux véritables victimes des abus de pouvoir masculins. Il se demandait s'il aurait lui-même osé signer pareil texte. Encadré et contenu à l'intérieur de ces pages, le récit générait sa propre vérité, un peu comme Jim s'imaginait qu'un réacteur nucléaire produisait sa propre chaleur. Que ces actes aient une réalité ou non, ils auraient pu se produire, il aurait si facilement pu en être ainsi, il ne pouvait pas en avoir été autrement. Ils avaient donc eu lieu! Jim commençait à s'indigner au nom de Jane. Le secrétaire d'État était un misérable. Pire encore, il était en retard.

Quelques minutes après, quand on fit entrer Benedict St John, Jim était encore plongé dans la lecture de ces pages, ostensiblement à présent, stylo en main. Les deux hommes ne se saluèrent pas, et le Premier ministre ne se leva pas davantage. Il se borna à désigner le fauteuil en face du sien. Enfin il replia le quotidien, soupira et hocha tristement la tête. « Eh bien... Benedict. »

Le secrétaire d'État ne répondit pas. Il fixait Jim avec insistance. C'était déconcertant. Pour combler le silence, le Premier ministre ajouta : « Je ne dis pas que j'en crois un seul mot.

— Mais... ? Il va forcément y avoir un mais.

— En effet. Mais, trois fois mais. Ce n'est pas bon pour nous. Vous le savez. Jusqu'à ce qu'on y voie plus clair, je veux que vous vous mettiez en retrait.

— Bien sûr. »

Le silence se réinstalla. « Je sais comment c'était, avant, reprit Jim avec bienveillance. Quelques étreintes à la sauvette derrière l'armoire à classement. Depuis, les choses ont changé. #MeToo et le reste. Le voilà, votre "mais". Vous devez partir. Ma décision est irrévocable. Il me faut votre lettre de démission. »

Benedict St John tendit le bras au-dessus de la table, saisit le journal et l'ouvrit. « Vous êtes derrière tout ça. »

Le Premier ministre haussa les épaules. « Et vous derrière ce qui a fuité dans le *Daily Telegraph*.

— Notre scoop était vrai. Pas le vôtre !

— Maintenant le nôtre l'est aussi, Benedict. »

Jim jeta un coup d'œil à sa montre. « Bon, est-ce que je vais devoir vous virer ? »

Le secrétaire d'État sortit une feuille de papier pliée en quatre et la jeta sur la table.

Jim la déplia. Les formules habituelles. Un grand honneur d'avoir servi... des allégations infondées... l'attention détournée du travail inestimable du gouvernement.

« Parfait. Eh bien voilà. Vous pourrez passer plus de temps avec les autres comploteurs. »

Benedict St John ne cilla même pas. « On vous foutra en l'air, Jim. »

Il était important dans ce genre d'échanges, à défaut d'avoir le dernier mot, de mettre le point final. En se levant, le Premier ministre appuya sur un bouton sous la table. Tout était prévu. Un policier à la barbe virile entra, armé d'un fusil automatique.

« Faites-le sortir par l'entrée principale. Et prenez votre temps, précisa Jim. Ne lui lâchez pas le coude tant qu'il n'aura pas franchi les grilles. »

Les deux hommes se serrèrent la main. « Vous êtes attendu, Bennie. Séance photo. Voulez-vous que je vous prête un peigne ? »

*

Rien, dans l'éventail quasi infini des règlements européens et des protocoles commerciaux de l'union douanière, n'empêchait un État membre d'inverser la circulation de l'argent au sein de son économie. Cela n'équivalait pas tout à fait à une autorisation. À moins que si ? Dans une société ouverte, un principe de base voulait que tout soit légal tant qu'une loi ne l'interdisait pas. Au-delà des frontières orientales de l'Europe, en Russie, en Chine et dans chaque État totalitaire, tout était illégal tant que le gouvernement ne l'autorisait pas. Dans les couloirs de la Commission européenne, personne n'avait envisagé d'exclure l'inversion des flux financiers des pratiques acceptables, parce que personne n'avait jamais entendu parler de cette idée. Et quand bien même, il aurait été difficile de déterminer au nom de quels principes juridiques ou philosophiques la rendre illégale. Revenir aux fondamentaux n'aurait été d'aucun secours. Tout le monde savait qu'aucune loi de la physique, sauf une, ne mentionnait de raison logique pour laquelle le phénomène décrit ne pouvait se dérouler en sens inverse. Exception célèbre, celle de la deuxième loi de la thermodynamique. Cette superbe construction voulait que le temps ne puisse s'écouler que dans un seul sens. Le Réversalisme était donc un cas particulier de cette deuxième loi, et il l'enfreignait ! À moins que non ? La question fut ardemment débattue au Parlement de Strasbourg, jusqu'au matin où les députés durent partir pour Bruxelles comme cela leur arrivait fréquemment. Une fois installés et après un déjeuner correct, ils avaient tous perdu le fil, même quand un physicien venu spécialement des laboratoires du CERN tenta d'éclairer leur lanterne en moins de trois heures grâce à quelques équations intéressantes. Le lendemain, par ailleurs, une nouvelle question avait surgi. Les propos du chercheur seraient-ils encore vrais s'ils avaient été tenus dans l'ordre inverse ?

Comme bien d'autres, ce problème fut mis de côté. Un débat acharné sur les crèmes glacées moldaves se préparait. Le sujet était moins trivial que ne le prétendait la presse londonienne dans son europhobie. La bataille pour mettre en conformité les ingrédients de ce produit moldave haut de gamme avec la réglementation européenne illustrait, à petite échelle, les tensions diplomatiques croissantes entre l'Occident et la Russie à propos de ce minuscule pays situé dans une région stratégique. C'était une affaire complexe mais qui pouvait se résoudre, du moins en théorie. Avec le Réversalisme, il en allait autrement.

À Bruxelles, le fonctionnaire européen moyen avait suivi avec stupéfaction le référendum ayant conduit à cette décision sidérante. Après quoi, chacun avait fini par se détendre et hausser les épaules en voyant le processus au point mort, embourbé dans ses complexités. À coup sûr, ce projet absurde serait bientôt enterré comme il était d'usage. Mais depuis peu la stupéfaction revenait en force à mesure que l'aimable et inconsistant Premier ministre Sams, apparemment victime d'un changement de personnalité, se révélait comme un nouveau Périclès, prêt à toutes les ruses et acharné à imposer le Réversalisme envers et contre tout, avec ou sans l'Europe. Cela allait-il réellement se produire ? La mère de tous les Parlements ne pouvait-elle ramener la nation à la raison ? Se pourrait-il qu'un fonctionnaire employé à Bruxelles, voulant se changer les idées, passe un somptueux week-end au Ritz à Londres et reparte de la réception avec trois mille livres en poche ? Qu'il se fasse arrêter le même jour pour possession illégale de fonds ? Ou bien se fasse confisquer ces fonds avant de quitter le pays ? Ou encore — quelle horreur — qu'il soit contraint de s'acheter un emploi et de faire la plonge dans les cuisines de l'hôtel jusqu'à ce que tout cet argent soit dépensé ? Comment une nation pouvait-elle s'infliger cela à elle-même ? C'était tragique et risible à la fois. Les Grecs avaient sûrement un mot pour cela, pour le fait d'agir contre ses propres intérêts, non ? Oui, ils en avaient un. *Akrasia*. Parfait. Le mot commença à circuler.

Mais les sourires perplexes, las ou condescendants se figèrent quand les tweets du président américain dénotèrent une certaine cohérence sur le sujet. Au nom du libre-échange, de la prospérité et de la grandeur de l'Amérique, et de l'éradication de la pauvreté, le Réversalisme était une « bonne » chose. Le Premier ministre Sams était formidable. Bien que, au nom du principe de subsidiarité qui prévalait dans l'UE, ce soit une affaire intérieure au sens strict, certains à Bruxelles s'inquiétèrent d'apprendre que le président Tupper proposait à un ancien général, devenu milliardaire et propriétaire d'une chaîne de casinos, d'être le nouveau « tsar » du National Health Service, l'assurance maladie britannique. Pour toutes ces raisons, on écouta le Premier ministre avec une courtoisie inhabituelle quand il donna au début du mois de décembre une conférence au siège de l'OTAN.

Sams remplaçait son secrétaire d'État aux Affaires étrangères tombé en disgrâce. Sa déclaration n'apporta rien de nouveau, sauf un sentiment d'urgence. Le Premier ministre alla droit au but. Comme tout le monde le savait, le Royaume-Uni inverserait ses flux financiers, et donc son destin, le 25 du même mois. « Notez bien cette date ! » lança-t-il avec bonne humeur. Des sourires polis lui répondirent. Il passa en revue une liste de requêtes depuis longtemps familière pour les négociateurs présents dans la majestueuse salle de conférences. La première des nouvelles contributions annuelles que l'UE verserait au Royaume-Uni, d'un montant de onze milliards et demi de livres, serait due le 1er janvier. Le premier paiement de l'OTAN n'était pas attendu avant le mois de juin. Les fonds accompagnant toutes les exportations européennes vers le Royaume-Uni devaient tenir compte d'un taux d'inflation de deux pour cent. De même — et là, Jim tendit ses mains ouvertes comme pour prendre l'auditoire dans ses bras —, un taux équivalent s'appliquerait à ceux accompagnant les exportations britanniques vers l'UE, en gage de bonne volonté. Suivirent quelques considérations supplémentaires d'ordre technique, ainsi que des propos rassurants sur la « direction prise » par les États-Unis. En conclusion, Jim exprima l'espoir que, sous peu, « les yeux de tous se dessillent », un verbe qui dérouta l'interprète bulgare dans sa cabine au fond de la salle. Les yeux de tous se dessilleraient donc, et, ajouta le Premier ministre, « tout le monde nous emboîtera aveuglément le pas pour entrer dans le futur ».

On entendit ensuite un jeune diplomate français dire à un collègue, alors qu'ils se rendaient au banquet : « Je ne comprends pas pourquoi tant de gens se sont levés pour l'applaudir. Si fort et si longtemps.

— Parce qu'ils ont trouvé tous ses propos détestables », expliqua son compagnon plus âgé.

Il était logique que la presse britannique qualifie de triomphal le discours de Jim.

Un épisode déconcertant se déroula le lendemain, à Berlin. Jim était resté pour une rencontre en tête à tête avec la chancelière. Celle-ci avait une journée chargée au Reichstag et, se confondant en excuses, elle le reçut dans un minuscule salon près de son bureau. Hormis deux interprètes, deux dactylographes, trois gardes du corps, le ministre allemand des Affaires étrangères, l'ambassadrice britannique et le deuxième secrétaire d'ambassade, ils étaient seuls. Les deux dirigeants étaient séparés par une antique table en chêne. Par-dessus l'épaule de la chancelière, le Premier ministre voyait la Spree et le musée sur la rive opposée. Derrière la vitre du salon, une exposition sur l'histoire du mur de Berlin. Jim connaissait deux mots en allemand : *Auf* et *Wiedersehen*. À mi-parcours de la rencontre, il exposa ses revendications. Il voulait que des fonds supplémentaires accompagnent les exportations de voitures allemandes vers le Royaume-Uni, pour compenser les taxes sur les exportations de riesling provenant des vignobles autour de Glasgow, lequel, expliqua-t-il, était très supérieur à celui des coteaux rhénans.

Ce fut à cet instant précis que la chancelière l'interrompit. Un coude sur la table, elle porta la main à son front et ferma ses yeux las. « *Warum ?* » dit-elle, faisant suivre cet adverbe interrogatif d'un bref enchevêtrement de mots. « *Warum...* », répéta-t-elle, enchaînant sur un enchevêtrement plus long. Elle répéta le tout encore une fois. Finalement, toujours les yeux clos et penchant un peu plus la tête, elle laissa échapper un ultime « *Warum ?* » plaintif.

D'un ton neutre, l'interprète traduisit : « Pourquoi faites-vous cela ? Pourquoi, dans quel but, déchirez-vous votre nation ? Pourquoi infliger ces exigences à vos meilleurs amis et les traiter comme vos ennemis ? Pourquoi ? »

Jim en resta coi. Certes, il était épuisé par tous ces déplacements. Le silence régnait dans la pièce. Sur la rive opposée de la Spree, des enfants se mettaient en rang derrière un professeur pour entrer dans le musée. Debout derrière le fauteuil de Jim, l'ambassadrice toussota. On étouffait. Quelqu'un aurait dû ouvrir une fenêtre. Un certain nombre de répliques séduisantes traversèrent l'esprit du Premier ministre, mais il les garda pour lui. Parce que. Parce que c'est notre façon de faire. Parce que c'est ce en quoi nous croyons. Parce que c'est ce que nous avons promis. Parce que c'est la volonté du peuple. Parce que je suis venu à la rescousse. Parce que. Telle était, à la fin des fins, l'unique réponse : *parce que.*

Puis la raison reprit lentement le dessus, et il se rappela avec soulagement un mot de son discours de la veille au soir. « Pour le renouveau, répondit-il à la chancelière. Et pour l'avion électrique. » Après une pause angoissante, les paroles se bousculèrent. Dieu merci. « Parce que, madame la Chancelière, nous avons l'intention de devenir une nation propre, écologique, prospère, unie, sûre d'elle et ambitieuse ! »

L'après-midi même, repartant vers l'aéroport de Tegel, il somnolait à l'arrière de la limousine de l'ambassadrice quand son téléphone sonna.

« Mauvaise nouvelle, j'en ai peur, annonça le chef du groupe conservateur au Parlement. J'ai eu beau les menacer. Ils savent qu'ils perdront leur investiture. Mais au moins une douzaine d'entre eux se sont ralliés à Benedict. Se faire virer l'a rendu populaire. Et ils ne croient pas Jane Fish. Ou bien ils la détestent de toute façon. À ce stade, il nous manque plus de vingt voix... Vous m'écoutez, Jim ?

— Oui, lâcha-t-il enfin.

— Alors ?

— Je réfléchis.

— Proroger *pour mieux sauter*[1] ?

— J'ai dit que je réfléchissais. »

Il regardait par la vitre pare-balles. Précédé et suivi par une escorte motorisée, le chauffeur empruntait un itinéraire détourné, longeant d'étroites rues bordées d'arbres et de jardins ouvriers, chacun avec son abri, le tout entretenu avec soin. Sans doute de minuscules résidences secondaires. Il y avait une qualité de gris propre à Berlin. Un gris uniforme et agréable à l'œil. Il était dans l'air, dans le sol sablonneux, dans la pierre mouchetée des façades. Même dans les arbres, les pelouses et les bordures herbacées des banlieues. Un gris d'une fraîcheur et d'une étendue nécessaires à une réflexion soutenue.

1. En français dans le texte.

Alors que Jim méditait, et que le chef du groupe conservateur attendait, il sentit les battements de son cœur ralentir et ses pensées s'ordonner selon des motifs aussi précis et compartimentés que les petites maisons devant lesquelles il passait. Il avait l'impression de posséder un cerveau très ancien, mais capable de résoudre n'importe quel problème contemporain auquel il était confronté. Même sans les ressources infinies d'un inconscient régi par les phéromones. Ou celles, plus triviales, d'Internet. Sans stylo ni papier. Sans conseillers.

Il leva les yeux. La procession de voitures et de motos escortant le Premier ministre vers l'avion de la Royal Air Force qui l'attendait s'était arrêtée pour rejoindre la route principale. Soudain une question lui vint à l'esprit. Elle semblait monter d'un puits d'une profondeur insondable. Avec quelle légèreté et quelle beauté elle s'élevait jusqu'à lui ! Et comme il lui était facile de se la poser : qu'aimait-il donc le plus au monde ? Aussitôt il eut la réponse, et il sut exactement ce qu'il allait faire.

*

Nul ne s'étonna qu'Archie Tupper demande à l'un de ses amis hommes d'affaires d'organiser un congrès impromptu à l'intention des législateurs républicains, et des divers instituts et groupes de réflexion auxquels ils appartenaient. Ces rencontres étaient fréquentes, assez courues, généreusement financées, patriotiques et conviviales. On avait tendance à y condamner l'avortement, à défendre le deuxième amendement, et surtout à soutenir le libre-échange. Les industries minières et pétrolières, celles de la défense, du tabac et du bâtiment y étaient bien représentées, ainsi que les laboratoires pharmaceutiques. Jim lui-même y était allé deux ou trois fois avant de prendre la tête du Parti conservateur. Il ne gardait que de bons souvenirs de ces hommes d'un certain âge, affables et corpulents, avec leur visage rose et rasé de près aux relents d'after-shave — des gentlemen à l'aise dans leur smoking. (Il y avait peu de femmes dans l'assistance et aucune personne de couleur.) Un type aimable l'avait pressé d'accepter une invitation sur son ranch de quatre cent mille hectares dans l'Idaho. Quelques minutes plus tard, un autre lui avait promis qu'il serait le bienvenu en Louisiane dans sa propriété datant d'avant la guerre de Sécession. Généreux et sympathiques, ils se montraient généralement hostiles à toute allusion au changement climatique, aux organisations internationales comme l'ONU et l'OTAN, et à l'Union européenne. Jim s'était senti chez lui. Ils ne pourraient que s'intéresser de près au Réversalisme britannique et aider à financer le projet, même si beaucoup pensaient qu'il convenait mieux à un petit pays et n'était pas fait pour les États-Unis. Peut-être Tupper s'apprêtait-il à les convaincre du contraire. Des députés britanniques de la bonne obédience avaient souvent été invités au cours des deux ans écoulés. Or ce congrès organisé en toute hâte aurait pour thème l'inversion des flux financiers. Le président prononcerait un bref discours introductif. Parmi les invités étrangers figuraient quarante députés conservateurs britanniques soutenant leur gouvernement. Le cadre choisi, un hôtel de Washington qui se trouvait appartenir à Archie Tupper, était censé conférer une certaine intimité au rassemblement.

Pour le contingent britannique, celui-ci tombait mal. L'ordre du jour parlementaire était chargé. Le Réversalisme occupait toutes les conversations. On s'inquiétait beaucoup de la fronde menée par l'ex-secrétaire d'État aux Affaires étrangères. La date du vote avait été fixée au 19 décembre. Les permanences dans les circonscriptions se multipliaient toujours à cette période, et aux habituels engagements de Noël s'ajoutaient les réunions familiales. Mais il s'agissait d'un séjour de luxe — voyage en première classe, cinq cents mètres carrés de suites, défraiement exorbitant à cinq chiffres par jour, poignée de main avec le président —, et l'enthousiasme était général devant l'intérêt croissant des Américains pour le Projet britannique. De surcroît, le Premier ministre avait écrit à chacun personnellement pour les inciter à faire le déplacement. Lui-même n'irait pas. Il enverrait à sa place Trevor Gott, le chancelier du duché de Lancastre, un type terne, parfois impulsif, souvent décrit comme un homme « en deux dimensions ». Impossible de se défiler : les députés s'excusèrent auprès de leurs collègues, de leur famille et des notables de leur circonscription, et entreprirent d'organiser leur « appariement ». Ainsi appelait-on la convention grâce à laquelle un député contraint de s'absenter lors d'un vote pouvait s'entendre avec un collègue de l'opposition. Ni l'un ni l'autre ne serait présent, et l'issue du vote ne risquait donc pas d'être affectée. Cela se révélait surtout utile aux députés de la majorité gouvernementale, souvent retenus par des engagements officiels. Ainsi que pour ceux qui étaient malades, séniles, ou qui devaient se rendre à des obsèques.

Le congrès fut une réussite éblouissante, comme presque toujours. D'emblée, le président Tupper déclara que le Premier ministre était formidable et le Réversalisme une bonne chose. Les élus de la Chambre des représentants, les sénateurs, les oligarques et les intellectuels des think tanks se réjouissaient de voir le monde se conformer à leurs rêves. L'Histoire allait dans leur sens. Le banquet du 18 décembre au soir fut aussi somptueux que les précédents. Après les discours, un grand orchestre accompagna un imitateur de Frank Sinatra dans une interprétation lyrique de « My Way ». Puis un sosie de Gloria Gaynor chanta « I Will Survive », applaudie par sept cents personnes debout et en larmes.

Alors que tout le monde se rasseyait, les portables de quarante convives vibrèrent à l'unisson. Le chef du groupe parlementaire conservateur ordonnait à ses députés de regagner Londres d'urgence. Des navettes les attendaient déjà devant l'hôtel. Leur avion décollait dans deux heures. Ils avaient dix minutes pour faire leurs bagages. Leur présence était requise à la Chambre des communes à onze heures le lendemain matin pour le vote crucial du projet de loi sur le Réversalisme. L'appariement avait échoué.

Les Britanniques quittèrent la salle du banquet sans pouvoir prendre congé de leurs nouveaux amis. Durant tout le trajet vers l'aéroport Ronald-Reagan, ils maudirent leurs collègues travaillistes. Quel affront, d'être chassés du paradis par la perfidie de ceux à qui ils avaient eu la bêtise de faire confiance ! Trop en colère pour dormir, la plupart d'entre eux se vengèrent sur le chariot des boissons et traitèrent les Travaillistes de noms d'oiseaux jusqu'à Heathrow. Pris dans un embouteillage à la hauteur de Chiswick, ils n'arrivèrent aux Communes que quelques minutes avant la sonnerie marquant l'ouverture du vote. Ce fut seulement dans le couloir que les Fêtards de Washington — comme on les surnomma ensuite — remarquèrent l'absence des collègues auxquels ils étaient appariés. Le projet de loi fut voté avec une majorité de vingt-sept voix. Le reste, ainsi que tout le monde le répéta à l'envi en cette fin de matinée, appartenait à l'Histoire. Le lendemain, le projet de loi sur le Réversalisme reçut l'assentiment royal et prit force de loi.

C'était bien sûr un scandale constitutionnel, un déshonneur. Hurlements dans la presse qui soutenait les Continualistes. Les quarante députés travaillistes appariés signèrent une lettre adressée à l'*Observer*, dans laquelle ils dénonçaient avec véhémence les « manœuvres éhontées et répugnantes » du gouvernement Sams. Certains réclamèrent un recours en justice.

« On va laisser passer l'orage. Tout va s'arranger, vous verrez », assura Jim à Jane Fish au téléphone. Après cette conversation, il fit envoyer une caisse de champagne au secrétariat du chef du groupe conservateur.

Le soir même, il donna une longue interview

sur une chaîne de la BBC. « Présenter des excuses ? s'étonna-t-il avec gravité, incarnant la voix de la raison. Permettez-moi de rappeler quelques points fondamentaux. Dans ce pays, nous n'avons pas de Constitution écrite. À la place nous avons des traditions et des conventions. Et je les ai toujours respectées, même quand elles allaient contre mes propres intérêts. Maintenant, je dois vous faire observer que la Chambre a une longue et honorable tradition de rupture des appariements. Il n'y a pas si longtemps, mais avant que je ne devienne Premier ministre, une députée libérale démocrate accouchait pendant que le collègue à qui elle était appariée, obéissant à une consigne donnée par les chefs de groupe, votait à la Chambre un projet extrêmement disputé. Dès 1976, comme tout le monde le sait, le très respecté Michael Heseltine s'est emparé de la masse cérémonielle et l'a brandie devant la Chambre en l'honneur, pour ainsi dire, de la rupture d'un appariement. Vingt ans plus tard, trois députés de notre groupe ont été appariés non seulement à trois députés travaillistes absents, mais aussi à trois Libéraux Démocrates. Les Travaillistes ont rompu le processus d'appariement en d'innombrables occasions. Ils se font un plaisir de vous le raconter tard le soir au Strangers' Bar du Parlement. Tous ces exemples instituent une tradition de duplicité qui s'est transformée en pratique courante. C'est conforme à la Constitution. Cela montre au monde entier que le Parlement est avant tout une belle assemblée faillible, chaleureuse et vibrante d'humanité. Je devrais ajouter que l'appariement est bien moins fréquent lors de votes importants. Il semblait tout à fait légitime de faire revenir ces députés de Washington pour siéger à la Chambre dès lors qu'un projet crucial pour l'intérêt national était en jeu. Bien entendu, l'opposition crie au scandale. C'est son travail. Certains de ses députés sont froissés qu'Horace Crabbe ait voté avec nous. Donc, pour répondre à votre question, non, catégoriquement non, ni moi ni aucun membre de mon gouvernement n'avons d'excuses à présenter. »

Ce ne fut pas un Noël blanc, mais il s'en fallut de peu. Quelques flocons se mirent à tomber le 1er janvier, juste avant le jour férié en l'honneur du R-Day. Cinq centimètres de neige ne découragèrent personne. Des millions de Britanniques se ruèrent dans les magasins pour pouvoir payer leurs emplois lorsqu'ils retourneraient au travail après cette pause. Il y eut quelques problèmes de mise en route. Des fans se rendirent à un concert de Justin Bieber en s'attendant à être payés. L'événement fut annulé. Devant les distributeurs d'argent liquide, les gens se demandaient s'ils étaient censés mettre des billets dans la fente initialement prévue pour insérer une carte de crédit. Mais les soldes battirent tous les records pour un mois de janvier. Les magasins furent dévalisés — un immense coup d'accélérateur pour l'économie, selon certains. On remarqua à peine que les îles de Saint-Kitts-et-Nevis se retiraient de l'accord commercial.

Le Premier ministre, encore dans l'esprit de Noël et coiffé d'une couronne en papier rose qui lui donnait l'air d'un noceur, affalé pieds nus dans un fauteuil, un whisky sec à la main, regardait avec une partie de son équipe les images prises depuis un hélicoptère et montrant des files d'attente longues de plus d'un kilomètre dans Oxford Street. Il aurait aimé le dire à voix haute, mais se contenta de le murmurer en pensée : c'était fini, sa tâche était accomplie. Bientôt il rassemblerait ses collègues et les informerait qu'il était temps d'entamer la longue marche vers le palais, pour y être accueillis en héros par leur tribu.

*

Au cours de l'après-midi précédant la dernière réunion du Conseil des ministres, Jim renvoya tous les membres de son équipe chez eux et s'arrangea pour que le policier en faction devant la porte la laisse entrouverte. Chaque membre du Conseil devait déposer avec soin son corps d'emprunt sur le bureau de son ministère, prêt pour le retour de son propriétaire légitime. Jim allongea le sien sur le lit de la chambre sous les combles. Il imposa donc un code vestimentaire strict pour cette réunion : l'exosquelette. Il avait pensé qu'il serait approprié de la tenir sur la table du Conseil, mais une fois qu'ils furent tous dans la pièce, cette table leur parut d'une hauteur vertigineuse et assez difficile à escalader, ses pieds étant légèrement cirés. Ils se regroupèrent donc dans un angle, derrière une corbeille à papier, et se mirent fièrement en cercle.

Le Premier ministre allait se lancer dans ses remarques préliminaires, mais fut interrompu par un « Joyeux anniversaire ! » sonore et discordant. Ensuite, ils jetèrent tous un coup d'œil inquiet vers la porte. Le policier en faction ne les avait pas entendus.

Le Conseil fut conduit en langue phéromone, au débit dix fois plus rapide que celui de l'anglais courant. Avant que Jim ait pu prendre la parole, Jane Fish proposa un vote de remerciement. Elle loua chez le Premier ministre « l'alliance inhabituelle de la détermination, d'un charme ébouriffant et de l'humour ». La Grande-Bretagne faisait désormais cavalier seul. Le peuple avait parlé. Le génie du leader du Parti conservateur leur avait permis de franchir le cap. Leur destin était à présent entre leurs mains. Le Réversalisme devenait réalité. Fini les tergiversations et les retards. La Grande-Bretagne faisait cavalier seul !

Alors que Jane Fish enchaînait ces slogans bien-aimés, elle fut assaillie par l'émotion et ne put continuer, mais peu importait. Des applaudissements nourris, un susurrement solennel de carapaces et d'ailes rudimentaires saluèrent ses propos. Puis chaque membre du gouvernement ajouta quelques mots, le dernier revenant à Humphrey Batton, récemment promu secrétaire d'État aux Affaires étrangères. Il entraîna tout le monde dans une ronde et entonna « For He's a Jolly Good Fellow ».

Pour prononcer son discours, le Premier ministre s'avança au centre du cercle. Tandis qu'il parlait avec passion, ses antennes frémissaient et il pivotait lentement sur lui-même pour retenir l'attention de chacun.

« Mes chers collègues, merci pour ces pensées bienveillantes. Elles m'émeuvent profondément. Alors que notre mission touche à son terme, notre devoir est de dire la vérité. Il en est une que nous n'avons jamais dissimulée à nos concitoyens si intelligents. Pour que la puissante machinerie de notre industrie, de nos finances et de notre commerce s'inverse, il lui faut d'abord ralentir et s'arrêter. Nous allons traverser des épreuves. Elles risquent d'être extrêmement pénibles. Sans nul doute, elles endurciront la population de ce grand pays. Mais cela ne nous concerne plus. Maintenant que nous nous sommes libérés de notre peu sympathique enveloppe temporaire, il existe des vérités plus essentielles que nous pouvons nous autoriser à fêter.

« Notre espèce est vieille d'au moins trois cents millions d'années. Voilà seulement quarante ans, nous n'étions dans cette ville qu'un groupe marginal, méprisé, objet de dédain et de moqueries. Au mieux, on nous ignorait. Mais nous sommes restés fidèles à nos principes et, très lentement d'abord, puis avec une force croissante, nos idées ont pris racine. Notre croyance fondamentale a tenu bon : nous avons toujours agi au mieux de nos intérêts. Comme le suggère notre nom latin, *Blattodea,* nous sommes des créatures qui évitent la lumière. Nous comprenons et aimons l'obscurité. En des temps plus récents, au cours des deux cents derniers millénaires, nous avons vécu près des humains et découvert leur propre goût pour l'obscurité, à laquelle ils sont moins attachés que nous. Mais dès qu'elle prévaut chez eux, nous prospérons. Chaque fois qu'ils ont connu la pauvreté, la crasse, et des conditions de vie sordides, nous avons gagné en force. Par des moyens tortueux, et au prix de beaucoup d'expériences et d'échecs, nous avons fini par identifier les conditions favorables à cette ruine de l'humanité. La guerre et le réchauffement climatique, certainement, et, en temps de paix, les hiérarchies inamovibles, la concentration de la richesse, la profondeur des superstitions, les rumeurs, les divisions, la méfiance envers la science, l'intelligence, les étrangers et la coopération sociale. Vous connaissez la liste. Par le passé, nous avons survécu à de nombreuses formes d'adversité, dont la construction des égouts, l'inclination répugnante pour l'eau potable, l'élaboration de la théorie des bactéries comme cause des maladies, les accords de paix entre les nations. Nous en sommes certes sortis diminués, touchés aussi par beaucoup d'autres déprédations. Mais nous avons résisté. Et à présent, j'espère et je crois que nous avons mis en œuvre les conditions d'une renaissance. Quand le Réversalisme, cette folie d'un genre particulier, aura rendu la population plus pauvre, ce qui ne manquera pas d'arriver, nous prospérerons forcément. Si des gens honnêtes et généreux, des citoyens ordinaires, ont été trompés et doivent en souffrir, ils se consoleront en se disant que d'autres créatures honnêtes et généreuses, des citoyens ordinaires d'une espèce comme la nôtre, seront plus heureuses alors même que leur nombre augmente. La somme totale du bien-être universel ne sera pas réduite. La justice demeure une constante.

« Ces derniers mois, vous avez travaillé dur pour la réussite de notre mission. Je vous en félicite et vous en remercie. Comme vous l'avez découvert, il n'est pas facile d'être un *Homo sapiens sapiens*. Les désirs de cette espèce entrent si souvent en concurrence avec son intelligence. Contrairement à nous qui formons un tout. Chacun de vous a contribué à l'avènement du Réversalisme. Vous avez vu les fruits de votre travail, car la roue du populisme se met en branle. Maintenant, mes amis, il est temps d'entamer notre voyage vers le sud. Vers notre palais bien-aimé. En file indienne, s'il vous plaît. N'oubliez pas de tourner à gauche en sortant. »

Il ne le mentionna pas, mais il savait que chaque ministre de son gouvernement connaissait les périls qui l'attendaient. Ce fut juste après seize heures, par un après-midi nuageux, qu'ils se glissèrent par la porte ouverte, passant devant le policier en faction. Ils accueillirent avec joie les ténèbres hivernales. À cause d'elles, ils ne virent pas la minuscule créature qui se précipitait vers le 10 Downing Street pour reprendre sa vie antérieure. Moins d'une demi-heure plus tard, le groupe de Jim se glissait sous les grilles de Downing Street pour longer Whitehall. Tous traversèrent le trottoir et descendirent dans le caniveau. La montagne de crottin avait été enlevée depuis longtemps. La forêt mouvante des pieds à l'heure de pointe grondait au-dessus de leurs têtes. Il leur fallut une heure et demie pour atteindre Parliament Square, et ce fut là que la tragédie frappa. Ils attendaient que le feu passe au rouge et se préparaient pour traverser la chaussée à toute vitesse. Mais Trevor Gott, le chancelier du duché de Lancastre, se laissant emporter par ses émotions comme cela lui arrivait parfois, s'élança trop tôt et disparut sous la roue d'une benne à ordures. Quand la circulation s'interrompit, tout le gouvernement accourut pour lui porter secours. Sur le dos, il semblait réellement être en deux dimensions. De sa carapace dépassait une épaisse substance crémeuse d'un blanc écru, un mets délicat et apprécié. Il y aurait un banquet des héros ce soir-là, et comme on s'amuserait, avec tant d'histoires extraordinaires à raconter. Avant que le feu ne repasse au vert, ses collègues eurent juste le temps de le ramasser et de poser avec déférence l'excroissance blanchâtre sur son ventre. Et puis, six ministres le prenant chacun par une patte, ils le transportèrent vers le palais de Westminster.

Composition : Entrelignes (64)
Achevé d'imprimer
par Normandie Roto Impression s.a.s.
61250 Lonrai, en mars 2020
Dépôt légal : mars 2020
Numéro d'imprimeur : 2000929

ISBN : 978-2-07-289192-2 / Imprimé en France.

365300